JÉRÉMIE

PAR

JEAN JOURNET,

disciple

DE FOURIER.

Prix : 1 fr.

PARIS,

CHEZ CARPENTIER, AU PALAIS-ROYAL,
PAUL, GALERIE DE L'ODÉON,
CAPELLE, RUE DE L'ODÉON, 21.
L'AUTEUR, RUE DU PETIT-BOURBON, 16.

1845.

UN APOTRE

AU XIXe SIÈCLE.

—

Nous venons de voir et d'entendre une monstruosité sociale, une anomalie étrange dans notre siècle d'égoïsme et de lâchetés politiques, — une exception dans notre époque de braillards sans pensée, — quelque chose d'inouï, d'anormal, de fabuleux dans une société sans conviction, sans prévoyance comme sans entrailles; – nous venons d'ouïr et de voir un apôtre au dix-neuvième siècle!

Ne riez pas, messieurs, car nous n'avons pas ri nous, qui allons d'ordinaire droit au défaut de l'armure des hommes et des choses, — des théories et des systèmes sociaux, — nous n'avons pas ri, parce qu'en vérité la foi est quelque chose de si inouï et de si rare parmi nous, — qu'un cœur d'enfant, joint à l'intelligence d'un poète, — ne nous a pas semblé le moindrement risible!

Et quand nous disons un *apôtre!* n'allez pas vous figurer quelqu'un de ces commis-voyageurs de l'humanité, — de ces colporteurs de panacées sociales, vêtus de l'habit bleu-barbeau, gantés de jaune, chaussés de bottes-vernies, portant un lorgnon et une canne à pomme d'or et dînant à cinq francs aux frais d'une association d'imbéciles qui ont mis l'avenir de l'humanité en commandite!

Non! l'apôtre que nous avons vu, et dont la parole vibre encore à notre oreille, — est un de ces cœurs naïfs et poétiques tels que ceux auxquels le Christ dit un jour : Levez-vous! jetez vos filets, suivez-moi! je vous ferai pêcheurs d'hommes!

Une barbe inculte, une blouse grossière, des souliers poudreux qui foulent avec mépris les tapis des ambassades, un regard de feu, une parole ardente, colorée, passionnée, contagieuse surtout ! voilà l'homme dont nous voulons dire quelques mots.

Et, en vérité, nous ne savons ce qu'il nous faut le plus admirer en lui, de l'apôtre ou du poète, — de l'homme qui a voué sa vie à une œuvre que notre faiblesse, pour s'excuser, qualifie d'impossible — de l'homme qui s'en va heurter à toutes les consciences pour y réveiller les sentiments d'humanité que Dieu y avait semés, — de l'homme qui accepte sans sourciller les humiliations, les dédains des maîtres et des valets, et qui, confiant dans la pensée divine qui le soutient, se retrempe, et sort chaque jour plus fort et plus grand de ces terribles épreuves, — de cet homme si petit, si humble, — ou de ce poète si grand et si biblique, si formidable, — que sa voix semble par moment comme un écho de celle qui troubla Balthazar dans ses festins impies.

Il faut avoir entendu comme nous cette poésie sauvage, implacable et prophétique comme les menaces d'Isaïe, — sortir de cette bouche inspirée, — il faut avoir senti le contraste de cette magnifique parole, avec cette humble blouse du prolétaire, — pour comprendre notre admiration et notre enthousiasme.

Cet apôtre, — ne riez pas! — est un fouriériste, — ne l'écoutez pas! il vous convertirait! quant à nous, nous ne savons pas trop à l'heure qu'il est où nous en sommes de nos croyances et de nos principes.

Mais ce que nous pouvons affirmer, — c'est qu'il est difficile de trouver un plus rude joûteur, un logicien plus serré, un adversaire plus dangereux pour tout ce qui tient à ce mauvais replâtrage social, qu'on appelle gouvernement constitutionnel.

Nous donnerions de grand cœur tous nos droits politiques — et une douzaine de cigares de manille—pour voir l'apôtre *Jean Journet*, en possession de la tribune de la chambre des représentants pendant quatre heures!

Et quand il aurait déroulé son système, qui est le plus souvent un magnifique poème, dans lequel l'homme, en exerçant sur les desseins de Dieu, atteint à la plus haute somme de félicité possible, — quand il aurait fait le procès à tous ces gouvernements basés sur l'égoïsme, — la peur, — la corruption — et la routine, nous serions enchanté de voir ce que lui répondraient MM. Verhaegen, Rogier, Dechamps, De Mérode et tous ces athlètes de la parole qui jouissent d'une si grande réputation d'éloquence auprès du journal de leur endroit!

Et cependant lui, toujours calme et serein, jette par le monde les semences de sa doctrine, que se disputent le vent, l'ivraie et les pierres du chemin! heureux quand quelques grains tombent dans un cœur pur, dans une intelligence honnête.

Nous admirons Jean Journet pour son intelligence, son dévouement, sa constance et surtout pour son courage, son désintéressement, qui lui ont fait sacrifier sa modique fortune à la propagation des doctrines de son maître.

Pour beaucoup de gens cet homme sera un *fou*, — mot horrible ! insulte sanglante que toutes les médiocrités jettent à la face de ceux-là qui les dominent par le cœur et la pensée !

Les contemporains de Colomb, de Jacquart, de Watt, de Bernard de Palissy, de Parmentier, de Fulton, — traitaient aussi de fous — ces hardis pionniers de l'avenir, qui n'avaient que le tort d'avoir raison cinquante ans trop tôt.

Quand ces stupides mépris viennent de la foule, qu'importe ! mais quand les intelligences suprêmes se font les échos des banales clameurs des carrefours, alors Dieu les punit ! Ecoutez plutôt :

Lorsque Napoléon, décidé à frapper l'Angleterre au cœur, — fit rassembler une formidable armée navale à Boulogne, et que du haut de la côte il dévorait des yeux la blanche ceinture de récifs qui bordent la Carthage moderne, — un homme s'offrit à lui qui lui proposa de conduire son armée sur le sol ennemi en une nuit,

— à travers la tempête et les vents contraires, sans voile ni sans rame.

Le grand homme haussa les épaules et traita Fulton de *fou* !

Neuf ans après, — le grand homme montait à bord du *Bellérophon* pour *aller s'asseoir au foyer du peuple anglais.* — Côte à côte du *Bellérophon* — marchait fier et silencieux, couronné de son panache de fumée, — le premier navire à vapeur qui parut en Europe.

— Qu'est-ce que ce navire, demanda César détrôné?

— Sire ! c'est le *Fulton*, bateau à vapeur américain, répondit un officier.

César baissa la tête. Il avait reconnu le doigt de Dieu. Il portait la peine de son aveuglement ! *Fulton* le *fou* était un grand nom, salué par la civilisation comme un de ses bienfaiteurs, et César, vaincu et enchaîné, voguait vers les rochers mortels de Ste-Hélène !

Ne rejetons ni les paroles ni la doctrine de l'homme de bonne foi, avant de l'avoir écouté. C'est faute de quelques cents ducats refusés à Colomb, que Gènes a perdu l'Amérique.

Mais c'est assez nous occuper de l'apôtre, parlons du poète, et montrons-le.

Bruxelles, avril 1843.

VICTOR JOLY.

AU COMTE DE PARIS

Prière du Matin.

Le globe a tressailli, l'Orient se colore,
Enfants réveillons-nous et prions l'Eternel!
Devançons par nos chants, la vigilante aurore,
Le temple est l'univers; mais la terre est l'autel.
    Les étoiles font la ronde,
    L'humanité fait le chœur;
    Le Seigneur conduit le monde,
    Par le travail au bonheur.

Chantons, bénissons Dieu, phalange magnanime!
Le corps de l'immortel vient nous initier,
Sa flamme nous conduit, sa chaleur nous anime;
O soleil! ta splendeur sait tout vivifier.
    Les étoiles font la ronde,
    L'humanité fait le chœur;
    Le Seigneur conduit le monde,
    Par le travail au bonheur.

Le travail nous attend, le plaisir va renaître,
L'obstacle enfantera des prodiges nouveaux,

La milice de Dieu, la horde va paratre,
Et déjà la vestale a béni les drapeaux.
Les étoiles font la ronde,
L'humanité fait le chœur,
Le Seigneur conduit le monde,
Par le travail au bonheur.

AU DUC DE BRABANT.

Lorsqu'un double soleil fécondera les plages,
Quand le soufle de Dieu chassera les nuages
Qui compriment le cœur.
Lorsque la vérité, quand le flambeau de l'âme,
Sur l'homme palpitant déversera sa flamme,
Quand viendra le bonheur.....

Quel était, direz-vous, l'apôtre magnanime
Qui d'un front assuré, qui d'un regard sublime
Dans les temps avait lu ?
Quel pays, direz-vous, quel céleste hémisphère,
Quelle divinité, quel astre tutélaire
Nous mande son élu ?

Quelle vierge aux pieds nus, à la simple parure,
Quel chemin parsemé de fleurs et de verdure,
Quel arc mémorateur,
Raconte à nos neveux ses rapides conquêtes;
Pourquoi, trop jeune encore, n'ai-je pas vu les fêtes
De ce triomphateur........

Aux pieds de ce palais, où son destin l'appelle,
Prince, tout près du parc, loin de la sentinelle,
Voyez ce mendiant..

Lorsque l'aube paraît, quand le soleil se couche,
Des mots mystérieux qui sortent de ta bouche,
Il poursuit le passant.

Il est fou! du Seigneur pénétrant la puissance,
Au torrent de la foi, guidé par l'espérance,
Il courut s'abreuver.
Et voyant du bonheur la route si facile
Au nom de la raison, au nom de l'évangile,
Il prétend nous sauver.

Il est fou! séparé de sa triste compagne,
De ses enfants si beaux, de sa chère montagne,
De toutes ses amours;
Il prétend sans scalpel, sans poison, sans cautères,
Il prétend extirper le cancer des misères
Qui s'agrandit toujours.

Il est fou! les docteurs ont dicté sa sentence,
Car souvent de la nuit il trouble le silence
Par un profond soupir.
Insensible au mépris, riant à la tempête,
Avant qu'un nouvel astre éclaire votre tête,
Il ne veut pas mourir.!.....

AU PRINCE
ET A LA PRINCESSE DE JOINVILLE.

La grande voix du saint-esprit
A nos cœurs, écho tutélaire,
Vient de révéler le mystère
Des destins que Jésus prédit.

Là-bas, tout craque, tout s'écroule;
Ici, tout renaît, tout fleurit.

Le monde de Satan s'éboule.
Le monde du Seigneur surgit.
Dieu nous montre sa gloire;
Enfants, dansez!
Vierges, chantez?
Et tous crions: victoire!...

Témoin d'un prodige inoui,
Courons confondre l'imposture;
Champions des lois de la nature,
Formons le bataillon béni.
Là-bas, tout craque, etc....

A nous la harpe et le marteau,
Vouons-nous au bonheur des autres;
Disciples, devenons apôtres;
Pasteurs, dirigeons le troupeau.
Là-bas, tout craque, etc.....

Que notre labeur incessant,
Fécondé par la main divine,
Fasse d'une étable en ruine
Sortir le bercail triomphant.
Là-bas, tout craque, etc.....

Le Seigneur écoute nos chants;
Célébrons la fête des fêtes;
Levons-nous bardes et prophètes,
Dressons-nous comme des géants.
Là-bas, tout craque, etc....

Un hymen pacificateur
Vient d'unir les deux hémisphères;
Deux astres joignent leurs lumières,
La paix se marie au bonheur.
Là bas, tout craque, etc.....

Lui jeune d'ans, vieux de labeurs,
Toujours fort. — Au sein de l'orage

Grand prince, il grandit le courage,
Bon frère, il captive les cœurs.
Là bas, tout craque, etc....

Elle, pour fixer son éclat,
Courut aux sources de la vie
Ton attente sera remplie,
Tendre fleur d'un lointain climat !
Là bas, tout craque, etc...

Et tous brûlent d'apercevoir
Cette double étoile polaire,
Chacun désire à sa lumière,
Raviver son nouvel espoir.
Là bas, tout craque, etc...

Brillants époux, heureux élus,
Sensibles aux chants du génie,
Tous les problèmes d'harmonie
Sous vos lois seront résolus.
Là bas, tout craque, etc.

Et tous réflétant la clarté
De ces flambeaux d'intelligence,
Chacun aimera la puissance,
Source de la félicité.
Là bas, tout craque, etc.

Après six mille ans de douleur,
L'humanité sera guérie;
La France possède Égérie,
Et la terre un législateur !
Là bas, tout craque, tout s'ecroule;
Ici tout renaît, tout fleurit.
Le monde de satan s'éboule,
Le monde du Seigneur surgit.
Dieu nous montre sa gloire;
        Enfants, dansez !
        Vierge, chantez !
        Et tous crions : victoire !!!

A LA PRINCESSE ADÉLAIDE.

Comme l'or que l'on purifie
D'abord, obscurci par l'erreur,
Bientôt mon cœur se vivifie
Au creuset régénérateur:
Flambeau du peuple, éclat du trône,
Je luis, je brille, je rayonne.
Pour atteindre un si beau destin,
Que me faut-il? un peu de pain.

Comme l'arbuste solitaire,
Je ployais au choc de l'autan;
Bientôt beau cèdre séculaire,
Je règne sur le mont Liban :
Mes pieds dominent les nuages,
Mon front dissipe les orages :
Pour atteindre un si beau destin,
Que me faut-il? un peu de pain.

Comme l'oiseau faible et timide,
Je fuyais l'aire du vautour;
Bientôt, aigle fort, intrépide,
Je m'élance aux sources du jour;
Et mon courage et ma constance,
Dévoilent la sainte science :
Pour atteindre un si beau destin,
Que me faut-il ? un peu de pain.

Comme le pâtre prophétique,
J'inspire une noble pitié ;
Bientôt j'entonne le cantique,
Saül me prend en amitié :
Et pacificateur du monde,
Un bonheur céleste m'inonde.
Pour atteindre un si beau destin,
Que me faut-il ? un peu de pain.

Comme la race fugitive,
Je succombais dans le désert ;
Bientôt du roc jaillit l'eau vive,
Le sol de manne s'est couvert.
Heureux successeur de Moïse,
Je touche à la terre promise.
Pour atteindre un si beau destin,
Que me faut-il? un peu de pain.

Comme l'étoile nébuleuse,
Proscrite du concert des cieux ;
Bientôt ma tête radieuse
Étincelle de mille feux.
Sur la terre, au ciel, hommes, anges,
Tous, partout chantent mes louanges,
Pour atteindre un si beau destin,
Que me faut-il ? un peu de pain.

Comme un satellite fidèle
La nuit précède le réveil ;
Bientôt, Colomb voit Isabelle,
Un nouveau monde son soleil.
Isabelle de l'espérance,
Sœur d'un grand roi, fille de France!
Pour atteindre un si beau destin,
Que me faut-il ? un peu de pain.

AU DOCTEUR ARNAUD.

Le souffle de la Providence,
Gonfle la voile des esquifs.
Pleins de foi, brûlants d'espérance,
Brisons nos fers (*bis*) pauvres captifs!
Un héros touché de nos larmes,
Vient de nous donner le signal.
Amis ! suspendez vos alarmes,
La main de Dieu tient le fanal.
Les pôles, les tropiques,

Entendrons vos cantiques ·
Conquérants pacifiques,
Levons-nous.
Inféconds campagnes
Forêts, plaines, montagnes, (*bis*)
Voici l'époux. (*bis*)

La phalange du prolétaire,
Devait l'exemple des vertus,
Au cri douloureux de nos frères,
Nos vastes cœurs (*bis*) se sont émus.
Aux grands maux un plus grand remède,
Soldats de Dieu, serrons nos rangs !
Armés du levier d'Archimède,
Le monde appartient aux vaillants.
Les pôles, etc...

Étendons jusqu'aux antipodes,
L'étreinte de nos bras nerveux ;
A l'incohérence des Codes,
Substituons (*bis*) la loi des cieux.
Rameaux de l'arbre de science,
Que le fruit succède à la fleur ;
Partout répandons sa semence,
Qu'en tous lieux germent le bonheur.
Les pôles, etc...

Le bruit qui frappe nos entrailles,
Vient ranimer un saint transport ;
Bientôt les champs des funérailles,
Seront recouverts (*bis*) d'épis d'or.
La grande âme de la nature,
Sourit à ses libérateurs,
La voix du Saint-Esprit murmure :
Paix au monde, gloire aux vainqueurs !
Les pôles, etc...

A L'INTENDANT.

ÉPITRE.

—

Lorsque, il y a trois ans environ, je fis auprès de vous des démarches si pressantes pour avoir l'honneur de me trouver en votre présence, alors, comme aujourd'hui, j'étais mu par le sentiment le plus généreux au service duquel un homme intelligent et actif puisse consacrer ses facultés, c'est-à-dire au bonheur de ses semblables.

Sans considérer l'opinion du siècle touchant le sublime révélateur, je me mis à l'œuvre, fier de fournir mon grain de sable et de concourir de tout mon pouvoir à l'édification du monument qui doit abriter l'humanité toute entière contre les fléaux qui l'ont jusqu'ici frappée toujours et partout. Je ne me suis pas dissimulé les difficultés de ma tâche; mais quelle conséquence tirer d'un immense travail qui serait à accomplir, sinon de se mettre à l'œuvre promptement et vigoureusement. Aussi jugez par les résultats obtenus d'une poignée de disciples de ce qui se serait produit, si des hommes éminents nous avaient secondés.

Voyez les partis politiques, veufs de leurs plus braves champions, transformés, sous les inspirations de notre science, en soldats du véritable progrès, en pionniers de la voie pacifique, et qui, ayant compris l'ignorance ou la mauvaise foi de leurs anciens compagnons, dont ils ont pu analyser la valeur, se sont retournés contre eux pour les tenir en échec. Cette halte a pu fournir au gouvernement le temps de respirer.

Aujourd'hui que le pouvoir a eu le loisir de s'assurer de la sainteté du principe qui nous vivifie, du but harmonique qui nous sollicite, des moyens conciliateurs que nous mettons en action;

Aujourd'hui que la vérité est sur le point de faire irruption dans le domaine intellectuel;

Aujourd'hui que la lumière scientifique vient pénétrer les nuages jusqu'ici impénétrables;

Aujourd'hui qu'on est en voie de comprendre que notre mission est d'éclairer les rois et les peuples sur leurs véritables intérêts.

C'est aujourd'hui que je reprends auprès de vous mes démarches, certain qu'elles ne seront plus infructueuses.

L'événement le plus mémorable auquel les habitants d'une planète puissent assister, vient de se produire sur notre globe. La boussole, qui doit diriger l'activité humaine vers le but providentiel, est découverte. Ce fait doit paraître de prime-abord d'autant plus improbable que les conséquences vont être plus salutaires,. . mais nous qui voyons d'où nous sommes partis, et où nous sommes arrivés, nous pouvons calculer à jour fixe l'époque de notre triomphe, c'est-à-dire du triomphe de la cause du genre humain.

De toutes les classes, sur tous les points, dans la magistrature, dans l'administration, dans le clergé, dans l'armée; en France, en Europe, en Amérique, sur le globe entier, tout ce que les sociétés renferment d'hommes supérieurs, tout tend à se grouper autour du fanal dont ils n'ont fait qu'entrevoir la céleste clarté. Et, bientôt leur zèle, mûri par un travail plus approfondi, transformera leur dévoûment en des transports religieux, le règne du bonheur va être acquis à l'humanité.

Fiers du résultat près de s'accomplir, que rien ne saurait entraver, après tant d'années de rudes épreuves, des esprits moins pénétrés laisseraient à la Providence le soin de réaliser l'œuvre providentielle. Pour nous, au contraire, c'est le moment des vigoureux efforts, et nous croirions n'avoir rien fait tant qu'il restera quelque chose à faire.

Les hommes superficiels pensent que c'est un malheur d'avoir pénétré si avant dans l'analyse des désastres qui accablent nos semblables, lors même que le remède serait découvert, cette connaissance entraînant le besoin de se dévouer à des êtres pleins de malice et d'ingratitude.

Non seulement je suis heureux de supposer que cette expectative ne vous arrêterait pas, mais encore je suis plus heureux de vous annoncer que ce n'est pas à une bataille, mais bien à un triomphe que je vous convie. Seulement, s'il devait s'écouler encore une ou deux années avant la régularisation d'un mouvement qu'un homme tel que vous organiserait en un instant, examinez combien d'individus, sur le globe entier, périraient victimes des guerres, des fièvres, des misères, des prisons, des esclavages, des famines, des bagnes, des pestes, des guillotines ! Et vous pouvez les sauver ; oui, vous le pouvez ? Grâce ! grâce pour ces brebis égarées, qu'une société marâtre a conduites à l'abîme en les plongeant dans l'ignorance, les privations.

Si la crainte de perdre votre temps à la poursuite de ce que vous croyez être des chimères vous retient, nous pouvons mettre en vos mains des ouvrages élémentaires, qui, dans un instant vous feront capable de juger avec connaissance de cause l'importance des problèmes qui sont soulevés et de la solution mathématique qui les accompagne.

Si la répugnance que pourraient vous inspirer des inconnus que vous croiriez affranchis des préjugés sociaux vous retient, tranquillisez-vous, il est aussi parmi nous des disciples qui par leurs habitudes peuvent se produire avec distinction au sein des privilégiés de notre époque, et qui n'attendent bu'un signe pour concourir de tous leurs efforts à la vulgarisation d'une science qu'on ne peut aborder sans se sentir dominé du besoin de la propager.

Enfin, considérant d'une part tout le merveilleux de cette révélation et la facilité de vérifier l'exactitude de cette miraleuse découverte ;

Considérant aussi les bienfaits éminents qu'elle va répandre sur le globe ;

Considérant la gloire que réalisera l'homme riche, l'homme d'état, le monarque, la nation, qui, se confiant en Dieu, aura osé, sous son inspiration divine, mettre le premier la main à l'œuvre.

Tout bien mûri et solennellement exposé, je viens vous prier, vous implorer, vous adjurer au nom de l'honneur, au nom de la logique, au nom des sentiments religieux de peser dans votre sagesse la démarche de votre, etc.....

L'ANNIVERSAIRE.

A LA DUCHESSE D'ORLÉANS.

Epitre.

Dans ce jour solennel, dans un moment où l'âme émue par de tendres et douloureux souvenirs, se reporte avec mélancolie vers un passé qui s'écoula rapide et brillant comme un éclair, mais qui s'évanouit aussi au bruit de la foudre. Alors que le cœur, meurtri par nos propres malheurs, se sent mieux disposé à recevoir l'empreinte des infortunes de nos semblables, oui, c'est cet instant suprême que je choisis pour vous annoncer un avénement mémorable.

Princesse écoutez :

Dieu nous a créés pour être heureux.

Jésus-Christ nous a promis le bonheur.

Fourier a trouvé les lois qui doivent constituer mathématiquement ce bonheur.

Et ces promesses ne sont pas certes de vaines figures de poésie.

Pourquoi cette disposition serait-elle au-dessus de la puissance divine.

Qui oserait traiter de fallacieuses les promesses du Messie?

Qui resterait impassible en face des découvertes du Rédempteur moderne et définitif?

Vérité, vérité sainte, fille de Dieu, épouse de l'homme, salut!

Après six mille ans de terribles épreuves, les fruits qui doivent nous assouvir, les fleurs qui doivent nous enivrer, après six mille ans de privation qui pourrait les trouver prématurés.

Mais nous arriverons puisque Dieu le veut. Nous arriverons tôt ou tard. Nous arriverons bientôt sans doute, car vous le voudrez aussi.

Nous arriverons puisque les anges attendent avec anxiété le moment de notre délivrance.

Nous arriverons parce que du haut des cieux votre époux haletant (et ce n'est pas une fiction), votre époux du haut des cieux me pousse, me presse, m'anime, m'inspire, me dicte les paroles qui doivent vous émouvoir, les actes qui doivent vous éclairer.

Au sein de tant de jouissances célestes,

un point noir vient constamment se jeter à l'encontre de ses félicités.

Elu d'une grande nation avant d'être élu du ciel, solidaire par ses souvenirs et par ses espérances, le prince, le père, le fils, l'époux pourrait-il rester indifférent au sort, qui poursuit tous les malheureux enfants de la terre, n'importe la sphère où ils commandent, n'importe le joug qui les opprime.

Quelle gloire, quel bonheur pour lui d'entendre répéter par les échos du firmament les hymnes de reconnaissance que l'humanité toute entière entonnera pour glorifier l'amante de son choix, l'épouse de son cœur, la femme qui aura écrasé la tête du serpent.

Si humble, si inconnu que je sois encore, princesse, pour tant d'années de travaux, de misères, d'insomnies supportées dans le but de vous être utile, d'être utile à tous, vous me devez un regard pour vous et pour tous dont vous serez bientôt la mère; vous me le devez, et j'y prétends.

Mais non, vous ne me devez rien, je suis fou, je suis fou pour avoir cru que Dieu gouverne tout par sa sagesse, je suis fou pour avoir compris que sa providence s'étend au petit et au grand, au ciel et à la terre.

Je suis fou pour avoir annoncé que la foi est la mesure de la félicité qu'il nous réserve dans la vie présente comme dans la vie future.

Proclamer ces folies en face d'un siècle si humain, si religieux, si fraternel, n'est-ce pas mériter d'être plongé dans les cachots, d'être séquestré à Bicêtre, d'être soumis à des traitements infâmes.

Sans se rappeler l'histoire des bienfaiteurs de l'humanité, parmi tant d'êtres puissants qui vous entourent, si une seule âme charitable pouvait seulement se souvenir que Lebon a été baffoué, Fulton éconduit, Galilée emprisonné, Colomb excommunié, et que Jésus-Christ, le fils chéri de Dieu, est mort lui-même sur la croix, sur l'horrible croix !...

Femme, épouse, chrétienne, je vous implore,

Au nom du Père, du Fils et du Saint-Esprit.

Au nom de Dieu, de Jésus-Christ et de Fourier.

— ✱ —

A CHARLES DELESCLUZE

—

Un torrent aux eaux fangeus
Couvre de mille débris
Et de vagues furieuses,
Le terrestre paradis.
Dans ce gouffre insatiable,
L'homme fait un vain effor'
L'innocent et le coupable,
Vont du malheur à la mort.

Solidaires de nos crimes,
C'est la loi du créateur ;
Nous serons tous ou victimes
Ou convives du bonheur.
Car le suprême économe,
Cause et fin de l'unité,
Avant de regarder l'homme
Observe l'humanité.

Que voit-il dans ce repaire
L'insolence et la terreur,
La rapine et la misère,
La luxure et la fureur.
C'est un horrible mélange
De pleurs, de soupirs, de ris,
D'encens, de pourpre, de fange,
De haillons et de rubis.

Lève-toi, reprends courage,
La misère va finir.
L'esprit saint fond le nuage,
Vois, vois le ciel s'entr'ouvrir.
Prix digne de tant d'audace,
Nous connaîtrons l'univers,
Nous verrons Dieu face à face,
Il bénira nos concerts.

Les mondes sur ces promesses
Bondiront d'un saint transport,
De la terre en ses détresses
Ils ont tant pleuré le sort.
Astre impitoyable, inique
qui compromis l'unité,
Ardent, jeune, satanique,
Des astres enfant gâté.

Astre de crimes prodigue,
Jonché de sang et de feu.
Du mal tu rompis la digue,
Et Satan menaça Dieu.
Astre faux, astre putride,
Corrupteur des éléments,
Astre dur, enfanticide,
Qui nous dévorait vivants.

Pour effacer l'anathème
Ecrit en sang sur nos fronts,
L'acide et l'eau de baptême
des brasiers seront les fonds.
Quel nom portera cet être
Qui vient nous initier?
A quel signe le connaître?
Le voici : voici Fourier!

Le voici, sa main puissante
Tient le monde social,

Et sa logique incessante
Détruit le règne du mal.
Ministre de l'espérance,
Il possède ses secrets ;
Et la sainte providence
Lui confia ses décrets.

Par lui cette race ignoble,
Portant nom humanité,
Va laver sa face noble
Au fleuve de l'unité.
Mais avant : affreux mystère !
Cessez monstres odieux !
Les fils immolent le père,
Satan nous fait ses adieux.

Quand tu ployas sous l'outrage
Qui devait te dévorer ;
Dieu m'ordonna le voyage,
Je courus pour l'adorer.
Visage raphaëlique,
cœur pur, esprit transmondain,
Cent mille fois prophétique,
Mais toujours, toujours divin.

Tu rougissais quand ma bouche
Te retraçais ta splendeur ;
Tu souriais quand ma touche
Sondait les maux de ton cœur.
Le soir, le lit en désordre,
L'hiver la chambre sans feu,
Toujours vibrait ce mot d'ordre :
L'homme, la nature, Dieu.

Gloire, triomphe, miracle,
Gloire dans l'éternité !
Triomphe, il brise l'obstacle,
Il sauve l'humanité.

Il détourne sur sa tête
La foudre du châtiment,
Et tombe sous la tempête
Qui nous tire du néant !

A EUGÈNE SUE.

En vain, par mille éclats, ta voix large et profonde,
Echo d'un vaste cœur secondant tes désirs,
Pour toucher les humains sonne le glas du monde ;
En vain, pour les sauver, j'exhale mes soupirs,
Un cauchemar vainqueur les presse les fascine,
Jéremie épuisé par des cris éternels,
En vain mon doigt brûlant signale leur ruine ;
Prophètes méconnus, pleurons sur les mortels.

En vain ton désespoir proféra l'anathême,
En vain ta charité pressentit le pardon,
En vain du post-curseur j'annonçai le baptême ;
Des hordes de damnés se groupent au démon :
Aux armes, aux combats, intrépides lévites,
Du veau d'or tout puissant ruinons les autels,
Confondons des faux dieux les hardis satellites ;
Frappons, mais en frappant pleurons sur les mortels.

Pleurons sur les mortels ! la folie et la rage
Président aux efforts de ces infortunés.
Des scènes de l'enfer la terre est le mirage,
Au vertige éternel sont-ils abandonnés ?
Du bandeau de l'erreur les contours innombrables
Obscurcissent l'instinct, étouffent la raison ;
Et quand la vérité luit sur ces misérables,
Ils brisent son flambeau pour dresser un brandon.

Mais l'apôtre paraît courageux sues audace,
Animé sans courroux, imposant sans orgueil ;
Aux traits du fanatique il présente sa face,
Et saint gladiateur se drape du linceuil.
Dans un cirque inouï quand son courage excelle,
Le salut des humains enflamme le martyr,
Et de ses yeux mourants la sublime étincelle,
Au cœur de ses bourreaux cherche le repentir.

Quand ces vils apostats, au joug de l'infamie,
Ployés depuis longtemps par d'ignobles rhéteurs,
Faméliques échos d'une science impie,
D'un siècle vermoulu se sont faits souteneurs,
Renvoyez à satan ces doctrines fatales ;
Dissipez ces congrès de dupes, de fripons;
Ou du fer qui rougit aux forges infernales,
Lui, poëte sacré, burinera vos fronts.

Juge de vos forfaits le voilà qui s'avance,
Point de pitié pour vous, cupides oppresseurs!
OEil pour œil, dent pour dent, rayons le mot clémence
Qui fut de tous les temps effacé de vos cœurs.
Victime de vos lois, une foule innombrable,
Le suit sur le prétoire où vous avez trôné.
Le puissant à son tour peut paraître coupable,
Et le riche insolent peut être condamné.

L'enfant de mille enfants vient déposer les plaintes,
Son regard est ardent, son corps est décharné,
Et la fièvre et la faim, corrosives étreintes,
Ont fait sa tête chauve et son sang ruiné,
Il dit son abandon, ses jeûnes indicibles,
Ses travaux éternels, l'ignoble châtiment,
Les exemples affreux, les attentats horribles,
Et ce frêle martyr expire en achevant.

La fille lui succède et déroule des drames,
Palpitants de terreur, gonflés d'iniquité,

Elle peints les complots des suborneurs infâmes
Exploitant sa misère et sa naïveté.
Elle peint l'abandon qui la rendit victime,
Les désordre hideux que la faim suscita,
Le préjuge qui dresse un mur sur son abîme,
Et sourit à l'impur qui l'y précipita.

L'homme dit : « dépouillés de nos parts d'héritage,
Le fisc toujours béant vient grand r nos revers ;
Nos fils furent trainés aux plaines du carnage,
Puis esclaves armés vinrent river nos fers.
Le pauvre fut suspect et sa plainte punie,
De fantastiques lois, œuvres de nos tyrans,
Frappèrent nos erreurs du sceau de l'infamie,
Et fermèrent les yeux sur leurs crimes flagrants ».

La femme, le vieillard dévoilent leur détresse;
Fragiles passagers au bourbier social;
Nul ne se détourna pour guider la faiblesse,
Quand son esquif sombrait sur le goufre fatal.
L'habitude rendait chacun impitoyable
L'égoïsme des forts avait glacé le cœur.
Quand le réveil subit d'un juge inexorable,
Frappa ces insensés de honte et de stupeur.

Et du fond des enfers sortit ce mot : vengeance !
Justice ! dit la terre, et chaque usurpateur
Doit subir à son tour, l'abandon l'indigence,
La haine, le mépris, l'opprobre, la terreur.
Tous, silence, écoutez! dit la voix de l'oracle,
De vos iniquités, le terme est accompli ;
Ses cieux vous sont ouverts, et sur le tabernable,
Ingrats, levez les yeux, lisez ce mot : OUBLI !

—

A BÉRANGER.

L'ombre s'enfuit, le jour commence
Fils de la Terre, éveillons-nous :
Enfin la vérité s'avance,
Le soleil va luire pour tous. (*bis*)
Dissipant une nuit profonde,
De ses feux naît la liberté,
Le globe atteint la puberté,
Place au peuple qui le féconde!
Grands, forts, religieux, travailleurs valeureux,
Allons (*bis*), parons la terre et bénissons les cieux !

Vains tribuns, flatteurs populaires,
Montrez-nous, dans votre attirail,
Montrez, aveugles téméraires,
La loi qui régit le travail! (*bis.*)
Les animaux ont leurs tanières :
Le travailleur, l'homme de Dieu,
Ne possède ni feu ni lieu
Dans ses chaînes héréditaires.
Grands, forts, religieux, travailleurs valeureux,
Allons (*bis*), parons la Terre, et bénissons les cieux

Traînés à travers mille orages,
Dans les gouffres de l'avenir,
Les races, les sexes, les âges
Vivaient pour ramper et gémir. (*bis.*)
Que l'humanité se redresse
Aux voix de Fourier, de Jésus,
Et par des torrents de vertus
Que'elle témoigne sa noblesse.
Grands, forts, religieux, travailleurs valeureux,
Allons (*bis*), parons la Terre, et bénissons les cieux !

Parqués en villes, en provinces,
Par royaumes, par continents,

Nous étions le bétail des princes;
D'un roi nous serons les enfants! (*bis.*)
Et le bonheur, ce but suprême,
Sera notre religion.
Quand la loi de l'attraction
Aura dissipé l'anathème.
Grands, forts, religieux, travailleurs valeureux,
Allons (*bis*), parons la Terre, et bénissons les cieux!

Vous tous, femme, enfant, prolétaire,
Morts à l'espérance, au bonheur,
Levez-vous, jetez le suaire
Trempé d'infertiles sueurs! (*bis.*)
La liberté vous est acquise;
Innocence, force, beauté,
Sainte, sublime trinité,
Aborde à la terre promise!
Grands, forts, religieux, travailleurs valeureux,
Allons (*bis*), parons la terre et bénissons les cieux!

Ne sommes-nous pas solidaires?
Chacun eut sa part de douleurs;
Quand tous les hommes seront frères,
Nous tendrons les bras à nos sœurs! (*bis.*)
Nous serons l'appui de l'enfance;
Unis à la divinité,
Nous pratiquerons sa bonté,
Et nous bénirons sa puissance!
Grands, forts, religieux, travailleurs valeureux,
Allons (*bis*), parons la terre et bénissons les cieux!

Si pour nous plonger dans l'abîme,
Le démon vint nous enseigner
Cette épouvantable maxime
Qu'il faut diviser pour régner! (*bis.*)
Le soleil de l'intelligence
Nous montre enfin dans l'unité

Le grand but, la félicité,
Seul prix digne de la science.
Grands, forts, religieux, travailleurs valeureux,
Allons *(bis)*, parons la Terre, et bénissons les cieux!

A l'œuvre, allons, dans les campagnes
Réparons le mal des Titans;
Ils amoncelaient les montagnes,
Courons éteindre les volcans! *(bis.)*
Sous nos efforts que tout prospère,
Dirigeons la force du vent,
Guidons le fleuve indépendant,
Dans le désert qu'il désaltère!
Grands, forts, religieux, travailleurs valeureux,
Allons *(bis)*, parons la Terre, et bénissons les cieux!

Tout s'accroit, tout se vivifie;
Peuplons les pôles envahis;
Par des prodiges d'industrie
Constituons le paradis! *(bis.)*
Enfin la Nature est conquise;
Oui, les miracles sont un jeu
Pour les cœurs embrasés du feu
Que la religion attise!
Grands, forts, religieux, travailleurs valeureux,
Allons *(bis)*, parons la Terre, et bénissons les cieux!

Volons du facile au sublime,
Prenons la bêche ou les pinceaux;
Manions la harpe ou la lime,
Le plaisir vaincra le repos! *(bis.)*
Sage décret, loi mémorable:
Le Tout-Puissant bénit les lieux
Où la science rend pieux,
Où le travail rend honorable!
Grands, forts, religieux, travailleurs valeureux,
Allons *(bis)*, parons la Terre, et bénissons les cieux!

Qu'aux élans d'un sacré délire,
Surgissent du sein corrupteur

Les soldats du céleste empire,
Le génie édificateur !... (*bis.*)
Et dans mille palais splendides,
Temples consacrés aux travaux,
Les enfants auront leurs berceaux,
Les infirmes leurs invalides!
Grands, forts, religieux, travailleurs valeureux,
Allons (bis), parons la Terre, et bénissons les cieux !

La voix qui chanta l'harmonie
Trouve enfin de puissans échos;
L'espérance trouve la vie,
La charité trouve un héros! (*bis.*)
Les éléments trouvent leurs maîtres.
Les troupeaux trouvent leurs pasteurs ;
La foi, la foi trouve les cœurs,
Et l'Humanité va paraître!...
Grands, forts, religieux, travailleurs valeureux,
Allons (*bis*), parons la Terre, et bénissons les cieux !

---

7 AVRIL 1842, A BESANÇON.

Les siècles s'écoulaient.... la sagesse féconde,
Voulut d'un nouvel astre éclairer l'univers.
Au souffle du Seigneur, du chaos naît un monde,
Notre globe apparaît radieux dans les airs.
Pour diriger les pas de la jeune planète,
Pour guider ses destins vers des jours fortunés,
Au corps il fallait la tête;
Les hommes furent créés.

Et le triple élément prodigue ses richesses,
Et les règnes divers fournissent leurs trésors,
Dieu dit : « Baigne tes sens au fleuve des ivresses;
Mortel, unis ta voix aux célestes accords;

Qu'un bonheur infini devienne ton ouvrage,
Jouis de mes bienfaits ; telle est ma volonté,
Car je te donne en partage
Science, amour, liberté. »

Fragile et dépouillé dans sa deuxième aurore,
L'homme comme l'enfant, nourri de sang humain,
A de nouveaux besoins, insoucieux encore,
Il ravage, il flétrit de sa sauvage main.
Quand la fourbe plus tard cimente l'esclavage,
O Job ! sans s'émouvoir, il entend ta clameur !
Femme ! il te ploie, il t'outrage,
Le patriarche imposteur !....

Des humains malheureux va grandir la misère :
Au vertige enchaîné, barbare ambitieux,
D'un déluge de sang il abreuve la terre,
D'un déluge de pleurs il obscurcit les cieux
Mais quel baptême affreux lavera ton enfance,
Ou du feu de Gomorrhe, ou du sang de Sion ?
Vil cloaque d'ignorance,
Toi, civilisation !....

Les siècles s'écoulaient... et la terre éplorée,
Du règne de Satan subissait le pouvoir ;
Les siècles s'écoulaient, flamme décolorée,
Le phare du bonheur s'éteignait sans espoir.
Les éléments, saisis d'une ardeur furibonde,
Se ruaient sur le globe, haletant de douleur ;
Les mondes pleuraient un monde,
Les planètes une sœur.

En tous lieux, tous les jours étendant sa puissance,
Le péché nous broyait sous son sceptre de fer
Partout l'impunité grandissait l'insolence,
L'homme était un démon, la terre était l'enfer.
Des jours purs de l'Eden oubliant la mémoire,
Tous couraient abrutis, délirants de fureur
Par le carnage à la gloire,
Par la rapine à l'honneur.

Ils détournaient les yeux de l'étoile polaire,
Ils fermaient leur oreille au chant de l'univers,
Ils rugissaient de haine, ils hurlaient de colère,
Ils inondaient de sang les plaines et les mers.
Les jours de quelques-uns coulaient en saturnale,
Le reste croupissait hideux, abandonné,
Ils avaient tous l'esprit sale,
Et tous le cœur gangrené.

Sans honte, sans remords, sans âme, sans entrailles,
Sans dignité, sans frein, sans logique, sans but ;
Ces idiots riaient, dansaient aux funérailles
Des apôtres voués à l'œuvre de salut.
Tant d'exemples passés ne pouvaient les instruire,
Le vent du préjugé brisait tout dans son cours,
L'homme écumait de délire,
Le monde était à rebours.

Un jour Satan frémit, au comble de sa gloire,
Un rayon du génie inonde l'horison ;
Mages, réveillez-vous ! bergers, chantez victoire !
Accourez à Bethléem, volez à Besançon !
Esprit de vérité, soleil d'intelligence,
Tu combleras l'abîme où tout allait périr ;
Christ annonça l'espérance,
FOURIER, dis nous l'avenir.

Eclaire du passé l'histoire ténébreuse ;
Dégage du chaos la loi d'attraction ;
Confonds de vils rhéteurs la science trompeuse ;
Proclame des mortels la résurrection.
Que dans les trinivers ton saint nom retentisse ;
Que l'écho de nos chants remplisse l'infini !
Dieu se montrera propice,
Et son fils sera béni.

Inutiles efforts ! sur l'infernale rive,
Belzébuth en fureur agite le brandon ;

Au péril imminent tout s'émeut, tout arrive ;
Les enfants de l'orgueil secondent le démon.
Roi, pontife, docteur, citoyen, militaire,
Chacun veut protéger la cité de l'erreur.
Ah ! dans ce jour de colère
L'homme déchu fait horreur.

D'une enfance de pleurs franchissant la barrière,
Courons combler l'écueil, sauvons l'humanité.
Gloire ! gloire au martyr qui traça la carrière,
Qui clama quarante ans l'unité, l'unité ! ! !
Le temps qui détruit tout, grandit notre courage ;
Des peuples malheureux intrépides soutiens,
Bravons les coups de l'orage,
Brisons, brisons ses liens.

Ciel vengeur, qu'ai-je vu ! les fils contre le père,
S'acharnent sans pitié, dissèquent le martyr.
Il tombe, tout est dit. . . . ou du moins on l'espère,
Et l'ange ténébreux crie.... A moi l'avenir !
Mais les enfants d'Abel forment une phalange,
Elle marche, grandit, triomphe sans retour.
La trompette de l'archange
Proclame la loi d'amour.

A AUGUSTE LAVERTUJON, A NOS AMIS DE PÉRIGUEUX.

Si Dieu le veut, si sa lumière
Illumine votre paupière,
S'il vous enivre à sa vapeur,
S'il vous pénètre de sa grâce ;
Poussez, heurtez, faites-vous place,
Avancez sans haine et sans peur.

Quittez des temples en ruines,
Le front haut couronné d'épines ;
Allez émules des martyrs,
Songez que le Christ vous contemple,
Que FOURIER vous donne l'exemple,
Que l'homme râle ses soupirs !

Allez aux sources d'un autre âge ;
Là, retrempant votre courage,
Justifiez le divin choix,
Et puis, aux yeux de faux prophètes,
Au sein des volcans, des tempêtes,
Humbles, forts, traînez votre croix....

Embrasé d'une sainte flamme,
Portant le monde dans mon âme,
Et la famille dans mon cœur ;
Errant, cherchant à l'aventure,
Je criais : « ô race parjure,
Voici l'étoile du Seigneur ! »

Reveillez-vous bergers et mages,
Courez présenter vos hommages
A votre nouveau Rédempteur ;
La pénitence est accomplie :
Jésus, ton attente est remplie,
Saluons l'ère du bonheur.

Du Très-Haut la voie infinie,
Par l'entremise du génie,
S'est révélée à ses enfants ;
Fuyez les traces impudiques,
De ces avortons faméliques,
Que vous preniez pour des géans.

La vérité, blanche colombe,
A franchi le seuil de sa tombe,
La science a brisé ses fers.
Peuples, il n'est plus de profanes,

Voyez, touchez les saints arcanes
Qui doivent guérir l'univers....

Vains efforts, la tourbe insensée
Résiste aux flots de la pensée,
S'irrite à l'éclat de mon chant,
Rit aux soupirs que je module ;
L'excès du mal rend incrédule,
Et Satan règne en conquérant.

Partout étendant ses entraves
Il mollit l'âme des esclaves,
Il durcit le cœur des tyrans ;
Il menace, il frappe, il divise,
Il veut, dans sa folle entreprise,
Dominer l'espace et le temps !

Le familisme s'évapore,
Le civisme se décolore,
La haine inspire les États :
La terre n'est plus qu'une arène,
Où l'impunité se promène
Aux centres de ses attentats....

Notre audace, notre constance,
Feront rugir l'impénitence
Dans l'ivresse de ses festins,
Dût la faim, de ses doigts livides,
Sur nos fronts buriner ses rides,
Nouvelle auréole des saints.

Parias de la race humaine,
La fraternité souveraine
Subjuguera l'inimitié ;
L'affront baptise le courage,
Rendons le bienfait pour l'outrage,
Les fous sont dignes de pitié.

Pleurons sur la race superbe
Qui durant trente ans fit au verbe

Supporter le sort de Daniel,
Comme jadis la race impie ,
Au fort, au doux fils de Marie.
Fit boire l'absinthe et le fiel !

Tremblez l'avalanche des crimes
Emporte dans les noirs abîmes
Tous les vestiges de Babel ;
Moment suprême, et je succombe ;
Mais je vais dormir dans la tombe
Pour me réveiller dans le ciel

Doux échos de voix bien aimées,
Comme des brises parfumées,
Vous vintes caresser mon cœur.
Dans l'arôme de l'espérance
je pus retremper ma constance ,
Merci, messager de bonheur !

A MONSIEUR C***. (1).

Vous désirez avoir un récit succinct et authentique des événements inouïs dont j'ai failli être la victime.

L'esprit agité de tant de scènes fécondes, d'un côté, en passions pleines de barbarie et de servilité, d'autre part, de sentiments remplis de force et de justice, je m'empresse de vous satisfaire, sinon avec éloquence, du moins avec impartialité.

Votre modestie n'a pas prévu que vous me mettiez dans la nécessité de dévoiler tout ce qu'il y a de magnanime dans le zèle que vous faites apparaître toutes les fois qu'il y a une grave infraction à réparer, fût ce même en faveur de personnes qui vous sont tout à fait étran-

(1) M. Chapelle, mécanicien très-distingué, ex-commandant de la garde nationale à cheval.

gères ; aussi j'ai dû être vivement touché, mais non pas surpris, de voir avec quelle énergie vous avez défendu mes droits.

La force de mes convictions doit être puisée à une source bien profonde, puisque j'aie eu le courage de résister aux conseils inspirés par la plus parfaite bienveillance. En effet, la vérité appartient au monde, malheur à qui se laisse distraire par de puériles considérations ; pour moi, je n'étais plus préoccupé que de la proclamation en face d'une réunion imposante.

Le 8 mars 1841, au grand Opéra, on jouait *Robert-le-Diable* : je me rendis au théâtre avant le lever du rideau, et pus choisir une place convenable.

Dès le premier entr'acte, je distribuai, à ma manière, mes brochures, et fus me livrer à la police, croyant en être quitte pour deux ou trois jours de prison.

M. le commissaire procéda à peu près en ces termes à mon interrogatoire :

D. — Est-ce vous qui avez fait cette distribution extraordinaire ?

R. — Oui, Monsieur.

D. — Aviez-vous des complices ou des

personnes qui ont été vos instigateurs?

R. — Non, Monsieur.

D. — Quel est donc le motif qui vous a déterminé?

R. — Le besoin irrésistible d'annoncer au monde en général, et aux riches en particulier, l'apparition de la loi de justice et de vérité, et l'espoir que, sur tant d'individus, l'élite de la société, il y en aurait quelques-uns qui daigneraient se détourner un instant pour juger avec connaissance de cause si cet événement, tout miraculeux qu'il paraît être, se trouvait réellement justifié par les travaux de l'immortel Fourier!

Il désira, pour juger la gravité de mon action, connaître les brochures que j'avais émises. Je lui donnai le seul exemplaire que je m'étais réservé pour distraire l'ennui de quelques instants de captivité. Il se retira pour le lire, me laissant à la garde d'un agent de surveillance. Au bout d'une demi-heure environ, il rentra, parut me parler avec bienveillance, applaudit à la moralité de mes travaux, mais protesta contre la manière de les répandre, puis continua ainsi l'interrogatoire:

D. — Vous vous dites apôtre?

R. — Oui, Monsieur.

D. — Etes-vous marié? Quel est le nom de votre femme? Combien avez-vous d'enfants? Quels sont vos plus proches parents qui seraient le plus à proximité d'intervenir? Quelle est leur positionsociale?

Je répondis à ces diverses questions.

D. — Confirmerez-vous en temps et lieu, devant qui de droit, ces déclarations, si vous en êtes prié?

R. — Oui, Monsieur.

Il termina en quelques instants ce que je ne sais si je dois appeler son procès-verbal. Je mourais de soif, je demandai un verre d'eau. L'on m'apporta promptement de l'eau sucrée qu'on ne me permit pas de payer.

Il fit un paquet de mes brochures et de son écrit, m'annonça que j'allais paraître devant le préfet de police. Je montai en voiture avec un agent; il était dix heures. Je fus conduit dans un cachot que l'on nomme, je crois, *souricière*, où je passai la nuit sans voir personne. Sur les huit heures du matin, on m'apporta un morceau de pain et de l'eau. A midi ou une heure, une voiture cellulaire vint me prendre, en compagnie d'une femme que je me crus en droit de croire folle, aux cris et aux extravagances que j'avais entendus une partie de la nuit. On nous fit descendre aux parvis de Notre-Dame. Deux messieurs écrivaient à un bureau ; l'un d'eux m'adressa sardoniquement trois ou quatre questions plaisantes ; je répondis sur le même ton, ne me doutant pas que je venais d'accomplir à mon insçu l'acte le plus important de ma vie. Un médecin venait de constater l'état de mon aliénation mentale !

La voiture nous reprit, et s'arrêta à la Salpêtrière, où l'on déposa ma compagne infortunée. Je versai des larmes sur son sort, ne prévoyant pas le mien ; je croyais qu'on me conduisait à Sainte-Pélagie.

Sur le boulevart, le garde qui m'accompagnait tira le rideau qui recouvrait une petite grille pour que je pusse respirer plus librement. Je me vis sur le chemin de Bicêtre, je prévis la centième partie des maux qui m'étaient réservés, mon âme s'attrista, je demandai à Dieu du courage, et nous arrivâmes.

Les formalités des bureaux accomplies, le nom de Jean Journet se trouva inscrit au nombre des aliénés, le 9 mars 1841, cinquième division, troisième salle, dixième lit, et cela 33 ans après l'apparition de la théorie des quatre mouvements.

L'on me conduisit dans un dortoir occupé par une centaine de fous; l'on me fit quitter absolument tous mes vêtements, qui furent remplacés par des choses extrêmement gothiques, extrêmement vieilles, mais parfaitement propres.

je fus dans la cour, et à tous les employés ou infirmiers que je pus trouver je leur demandai avec instance une conférence avec le directeur; mais les uns souriaient, les autres levaient les épaules. Je courus me perdre, jusqu'au coucher, dans la foule des fous, des idiots, des épileptiques.

J'avais observé que le n° 9. mon voisin de droite, était malade, puisqu'il se trouvait du petit nombre de ceux qui ne s'étaient pas levés. A son immobilité, à son oppression, je pus même juger qu'il était un des plus malades; cette circonstance augmenta la tristesse qui présidait à mon coucher. Sur les dix heures, on lui administra une pilule que le malade ne pût avaler, mais qu'il mâcha et delaya dans sa bouche. Dès-lors, à l'odeur cadavéreuse qui m'avait si horriblement oppressé jusques-là, se joignit une odeur de musc et d'assa-fœtida, et des maux de tête s'ajoutèrent à mes maux de cœur. J'étais, depuis environ deux heures, dans cette disposition, lorsque d'affreuses convulsions, précédées d'un cri long, creux, déchirant, un cri qui n'appartient pas à l'ordre des choses de notre nature, me contraignit à tourner mon regard vers mon malade, et je vis une face ronde, plate, violacée, hideuse. L'infirmier accourut : bientôt après le râle se fit entendre, et le veilleur après l'avoir arrangé, s'en retourna en disant : (il sonne le premier...), seul propos impie, au reste, que j'ai entendu dans cette demeure.

Le jour parut, la cloche sonna le lever. Depuis quarante-huit heures, à peine si j'avais fermé les yeux, il fallut s'habiller. On lava et balaya le dortoir. Les lits furent dressés ; tous rangés à la file, nous attendîmes la visite: pour moi ce moment était solennel, je m'y préparai. Le docteur (1) parut, avec son état-major, au n° 9 ; l'in-

(1) Le docteur Leuret, médecin à Bicêtre, — à chacun son droit,

firmier dit : nuit agitée, crise terrible, mais plus calme depuis deux ou trois heures.

« Le n° 10 est un nouveau, dit le médecin, pourquoi ne l'a-t-on pas mis à l'admission ?

— Son état inoffensif, reprit le garçon, a fait supposer au chef du bureau qu'il serait placé ici plus convenablement.

— Qu'on repare cette oubli au plus tôt; et se tournant vers moi : racontez-nous les circonstances principales de votre vie. » Ce que je fis avec naïveté, en protestant, avec verve et logique, contre l'incurie des agents subalternes : je remets ma cause entre les mains d'un homme dont l'expérience et la position scientifique doivent me mettre à l'abri de toute méprise.

— Tâchez de me dire quelques morceaux de vos œuvres. Je récitai des fragments de l'épître aux élèves de l'école politechnique. Il se tourna vers son entourage : disciple de Fourier ! de celui qui veut donner aux hommes une queue, et qui annonce la venue des anti-lions ! puis, répétant quelques mots de ce que je venais de reciter : *et mon caractère apostolique ne sera plus un objet de ridicule, de mi-*

sère. Avez-vous compris ? monomanie de la grandeur.

Trois lavements, bains de trois heures, aspersions d'eau froide sur la tête, demi-portion, on lui coupera la barbe.

— De grâce, M. le docteur, avant de me soumettre à un traitement, à une espèce de mutilation, suspendez, au moins vingt-quatre heures, votre jugement. Ne vous créez pas les regrets que doit enfanter une précipitation irréparable ?

— Que l'on conduise cet homme à l'admission. Hélas ! j'ignorais ce que c'était que l'admission.

L'admission est le lieu où l'on dépose les arrivants ; s'ils sont furieux au premier chef, il y restent jusqu'à ce que leur nature, domptée par un traitement fort, se ploie à des habitudes plus pacifiques ; car les aliénés, à certains égards, sont quelquefois susceptibles d'éducation.

Quand, au contraire, leur manière d'être est plus ou moins modérée, ils sont renvoyés aussitôt, selon l'importance de leur maladie, dans divers dortoirs disposés à cet effet. Dans l'après dîner, je fus conduit dans l'épouvantable séjour.

L'admission est une cour complantée

d'arbres, précédée d'une forte muraille et terminée par une grille solide, élevée. A droite et à gauche sont des loges destinées chacune à une seule personne ; quatre pavillons, dont deux sont occupés par les malades, symétrisent cette habitation infernale. Chacun des deux pavillons contient six lits, trois au rez de-chaussée, trois au premier et unique étage communiquant par un escalier rapide et étroit.

En entrant dans la cour, je la trouvai peuplée de presque tous ses habitants, livrés à ces habitudes qui pénètrent d'une si profonde mélancolie les personnes qui ne font que visiter, même un instant, ces infortunés[1], devant former dès lors mon unique société. Les uns, dans une immobilité stupide, ressemblaient à de hideuses statues ; les autres, agités d'une impulsion fébrile, parcouraient périodiquement l'espace, ou tournaient rapidement sur eux-mêmes. Plusieurs se livraient à des vociférations les plus véhémentes, à des gesticulations les plus exagérées. Il y en avait qui était garrottés à divers degrés, selon la nature de leurs habitudes et la période de leur maladie.

Le lit n° 1, dans le pavillon à droite en

entrant, me fut assigné. Le n° 2 était dans la cour; le n° 3 gisait lié dans son lit, s'étant, la veille, grièvement blessé àla tête et au genou, dans un accès de frénésie. Je sortis, je m'aventurai avec précaution dans un coin, et, immobile, je m'exposai aux douces influences du soleil; il faisait un temps magnifique. Peu d'instants après, plusieurs visiteurs, précédés et suivis des infirmiers, accompagnés d'un agent de surveillance, vinrent visiter l'établissement. J'avais tracé quelques mots à la hâte, espérant donner de mes nouvelles à mes amis. Je m'avançai mystérieusement vers l'un des visiteurs pour le charger de ma commission; mais, malgré mes signes, il s'éloigna épouvanté. Il était inutile et imprudent d'insister; je fus attendre avec résignation, le moment que je redoutais le plus, le coucher. Il arriva. Les infirmiers me rassurèrent un peu, en me disant que la nuit il était rare qu'il y eut autre chose que du bruit; en effet, les gémissements, les rugissements, les convulsions, me tinrent en émoi de longues heures.

Il y avait peu de temps que je m'étais assoupi, lorsque la cloche et les tiraillements du garde de nuit m'arrachèrent à mon engourdissement ; le médecin devait bientôt paraître, il m'avait promis de lire attentivement mes œuvres ; j'avais préparé mille argumentations, qui, développées avec chaleur et dignité, devaient nécessairement, selon moi, triompher de ses préventions. Sûr donc de l'éclairer, je n'étais plus préoccupé que du malheur de passer encore, dans un semblable lieu, le temps qu'entraînent les formalités du départ.

Il parut, il était gai, affable, il m'écouta longtemps, sourit finement, me lut quelques uns de mes vers, me reprocha d'être un médiocre poète, un écrivain nébuleux, m'annonça qu'on m'avait vu écrire, me retira tous mes papiers, défendit qu'on me fournit des plumes et de l'encre, me fit enlever ma pipe, mon tabac, ordonna de continuer le traitement, et poursuivit sa visite.

Mon tabac ! ma pipe ! distraction permise, si nécessaire pour moi, dans le monde des méchants, et cent fois indispensable, dans le domaine de la folie, de la séquestration.

Dès cet instant, l'insuffisance d'alimentation, les étreintes de la médication, l'isolement, l'affreux contact, tout me fit pressentir que mon courage pourrait faillir sous une pareille épreuve. Il me sembla que mon corps et mon âme étaient semblables à une paire de meules, qui, poussées par une force incommensurable, et en sens opposé, se dévoraient mutuellement, faute de substance intermédiaire sur laquelle elles pussent exercer leur énergie.

La visite du lendemain fut courte, et rien ne fut changé à ma position, malgré les usages qui veulent que les individus pacifiques soient transférés, après vingt-quatre heures, dans la division appropriée à leur état sanitaire. Les minutes étaient des siècles, le temps restait immobile.

Le jour suivant il me fut impossible de me lever; une faiblesse dans les articulations m'empêchait de me tenir debout. Les lavements furent supprimés. De douleurs de tête, vagues dans le principe, prirent de l'intensité pendant la nuit suivante. Il me semblait que la partie postérieure, la région du cervelet, se transformait en un bloc de plomb; je conçus alors l'espoir que mon supplice ne serait pas éternel. . . . .

. . . .

. . . .

Un parent dévoué avait cependant découvert la trace de mes pérégrinations, des démarches actives avaient été commencées, mon état empirait. Tout traitement fut suspendu : je fus envoyé aux convalescents ; une alimentation saine et abondante, quelques distractions, la jouissance de tous les droits attribués aux aliénés de cette classe, et la visite de mon parent retrempèrent bientôt mes facultés.

Quelques concessions, que mes amis me conseillaient de faire à l'orgueilleuse vanité du docteur, me firent concevoir une prompte libération ; mais quand je voulus m'en expliquer explicitement avec lui, le vague de ses promesses me rendirent toute mon indignation, toute mon énergie. Pendant la visite suivante, à la suite d'une protestation pleine de dignité, la persistance du bourreau me détermina à finir ainsi mon discours : le terme des concessions est accompli, dussé-je y perdre la vie ou la raison, oui, entre nous deux il y a un fou, mais c'est celui qui accable de médicamentations homicides sa malheureuse victime. Le docteur fut un instant interdit. Bientôt, reprenant ses allures, il ordonna qu'on me ramenât aux carrières, à l'admission.

J'appris cette nouvelle avec une indignation qui tenait de la joie. Mon parti était pris; un grand combat allait s'engager, mon individualité allait sortir du néant.

Les mutations ne se font que dans l'après-midi ; en attendant, j'avais été obligé d'assister à la séance de l'école, plongé dans des méditations. Un bruit étranger me fait lever la tête : je le vois, je vois M. M*** (1); je coursà lui, l'on m'arrête. Il ne me reconnait pas d'abord ; on le force de sortir ; mais il m'avait fait signe, mais je l'avais compris, mais vous connaissiez mon sort, rien ne pouvait plus me troubler. Ma délivrance était sûre et prochaine. Enfin M. M*** put communiquer avec moi; il me combla de joie en m'annonçant qu'il avait obtenu mon visa de sortie, signé du médecin et du directeur. Sans en avoir mésuré les termes, il courut avec confiance à la police pour accomplir ce qu'il croyait les dernières formalités.

(1) M. de Mongolfier.

Celle-ci ne trouvant pas rationnel de sanctionner un certificat qui portait que je commençais à entrer en convalescence ; il eut beau déployer tout son énergie, il échoua momentanément devant ce nouvel obstacle.

L'ordre de la mutation s'était exécuté. J'avais été transféré à l'admission. Mais cette fois l'horreur de ce séjour était tempéré par l'indignation dont j'étais animé ; elle offrait un vaste aliment à ma virtualité, je m'étais, en outre, procuré un livre. J'espérais ne rester là que peu de temps. J'avais déjà vécu avec ces victimes infortunées de notre bourbier sociale, je les connaissais ; mais elles ne me connaissaient pas !...

L'infirmier me félicita d'être venu seulement ce jour-là, et non pas la veille ; un aliéné me dit-il, que nous avions jugé convenable de laisser libre, avait, à la sourdine détaché quelques autres, et ils ont été, la majeure partie de la nuit, dans une exaltation épouvantable ; mais il est bien probable que cette nuit nous serons plus tranquilles. En effet, le délire de quelques-uns ne fut ni bien long, ni bien violent, ce qui, joint à un commencement d'habitude, me permit de goûter quelques heures de repos.

Le matin, à la visite, le médecin parut surpris de me trouver dans ce lieu : j'ai signé, me dit-il, votre sortie, et l'on aurait pû se dispenser de vous conduire ici. Il ordonna qu'on me ramenât à l'infirmerie.

J'y étais depuis quelque temps, lorsque vous apparûtes, je vous vis, mon cœur vola au devant de mon libérateur, il fallut pourtant rester impassible, la règle l'exigeait. Peu d'instants après vous me fîtes appeler au parloir. L'émotion que vous ne pûtes dissimuler, me témoigna combien vous aviez pris part a mon sort et me dédommagea d'une partie de mes infortunes Vous ne me quittâtes que pour retourner à la charge. Tout s'applanit devant votre énergie, votre dévouement, devant l'éloquence de votre cœur, devant la justice de ma cause, dont vous aviez fait la vôtre, et le lendemain, l'attendrissement mêlé de joie, que je fis sur votre figure, m'annonça que j'étais libre.

Le 16 mars, 9 jours après mon incarcération, nous quittâmes cette demeure de désolation, M. M*** et mon ami Stourm, s'étaient joints à nous; le temps était très beau, nous fûmes bientôt à Paris. L'accueil que je reçus de personnes qui vous sont si chères, et qui me furent si bienveillantes, m'apprit tout l'intérêt qu'avait excité mon malheur sur tous ceux qui me connaissaient. Mon cœur leur en conserve une éternelle reconnaissance.

COMPLAINTE.

—

Ah! dans ce temps d'ignorance,
De démence,
S'il existe un tendre cœur,
Qu'il regarde, qu'il pâlisse!
Qu'il frémisse,
Qu'il partage ma douleur!

Qu'il transmette ma mémoire,
Mon histoire,
Au siècle le plus profond ;
Au sein de chaque famille,
Que la fille,
Le soir bénisse mon nom!

Un jour, nos belles montagnes,
Nos campagnes,
Le vallon où j'étais né,
Tout s'évanouit dans l'ombre ;
J'étais sombre,
L'homme était infortuné.

J'étais sombre, solitaire,
La prière

Succède à tous mes plaisirs;
Que de craintes, que d'alarmes,
Que de larmes,
Que de cris, que de soupir!

Bientôt, apôtre intrépide,
Je me guide
Au flambeau de vérité;
Dans le bourbier je m'allonge,
Je me plonge,
Pour sauver l'humanité!

Qui redira ma souffrance,
Ma vaillance,
Dans ce combat de géant;
Qui redira mes orages,
Mes outrages,
Dans ce martyr incessant?

Quand le monde me regarde,
Faible barde,
J'entonne mon chant d'amour,
Et quand son œil me domine,
Me fascine,
Pour m'absorber sans retour;

Dieu soutient ma confiance;
Je m'avance
Vers l'infernal cité,
La Babylone moderne,
La caverne,
Le volcan d'iniquité.

Qu'ai-je vu dans cette fange,
Le mélange,
De mille crimes divers,
Dans ce gouffre de misère,
De colère,
J'ai reconnu les enfers.

J'ai vu, criminel exemple !
Un beau temple
Envahi par des voleurs ;
J'ai vu, patron de l'usure,
Saint Mercure,
Présider à tant d'horreurs.

J'ai vu l'enfance adorée
Entourée
D'or, de pourpre et de rubis ;
J'ai vu l'enfance contrainte
sous l'étreinte
Des haillons et du mépris.

J'ai vu languir la richesse
Dans l'ivresse
D'un sacrilége sommeil ;
J'ai vu, sublime constance !
L'indigence
Attendre en vain son réveil.

J'ai vu faible, sans haleine,
Sous la peine,
Le vieillard prêt à périr ;
J'ai vu le jeune homme impie,
Dans l'orgie,
Ecrasé de son loisir.

J'ai vu couchés sur la glace,
Crier grâce,
La mère et son nouveau né ;
Point de cœur qui compatisse
Au supplice
De ce groupe infortuné.

J'ai vu jouer la colombe
Sur la tombe

Couverte de mille fleurs ;
J'ai vu bientôt le vampire
Lui sourire
Pour l'acabler de malheurs.

J'ai vu la fatale empreinte,
Vierge sainte !
Du serpent envenimé ;
J'ai vu le démon farouche
De sa bouche
Flétrir l'archange opprimé.

J'ai vu la jeune imprudente,
Tendre amante,
S'abandonner au méchant ;
Et j'ai vu dans la misère
Cette mère
Nourrir de pleurs son enfant.

J'ai vu cette ange déchue
Dans la rue
Prostituer ses appas ;
J'ai vu sa gorge si pure
La pâture
De l'orgie et des frimats.

Dieu reçoit le sacrifice,
Et l'hospice
Va finir tant de malheurs ;
Mais nul auprès du suaire
Solitaire
Ne viendra verser des pleurs !

Peuple, enfin, lève la tête,
Vois la fête,
Aurore de ton bonheur ;
Le Seigneur nous est propice ;

Sa justice
Nous devait un Rédempteur !

Il apparaît dans ce monde.
Qu'il inonde
De paix, de gloire et d'amour,
Quand la fourbe, la colère,
La misère
Le dévorent à son tour.

Que son courage sublime
Nous ranime ;
Et d'épines couronnés,
Confondons par la constance
L'insolence
De nos bourreaux étonnés !

COMPLAINTE.

La foudre gronde et l'orage s'apprête,
De nouveaux flots vont rougir l'Océan ;
Le Point lointain annonce la tempête,
Et l'étincelle enfante le volcan.
La voix tonnante
Nous dit, nous chante :
Réveillez-vous!
Peuples, réveillez-vous!
La voix profonde
Répète et gronde :
Réveillons-nous!
Peuples, réveillons-nous !

Mille ans, et plus, de discordes funèbres
Ont agité notre sale berceau ;
Mille ans et plus ont régné les ténèbres ;

Mais la lumière a brûlé le boisseau !
La voix tonnante, etc.

Régénérons une race stupide ;
Le sort du monde attend tout d'une main.
Dieu me regarde et l'archange me guide ;
Seul, contre tous, je lève un front d'airain.
La voix tonnante, etc.

A chaque affront s'agrandit mon courage ;
Toujours combattre est le sort du martyr ;
Au bord du gouffre, au plus fort de l'orage,
L'on m'entendra crier : vaincre ou mourir.
La voix tonnante, etc.

Suivez mes pas, secondez mon audace,
Et vous verrez un siècle déchaîné,
Courber son front, humilier sa face,
Sous l'œil puissant qui l'aura fasciné.
La voix tonnante, etc.

Pour défricher le sol de l'infamie,
Traînant partout mon joug lourd et brûlant,
Je répandrai le germe de la vie :
Le paradis remplacera l'étang.
La voix tonnante, etc.

Hommes du Christ, faits de brônze et de flamme,
Dans vos sillons heureux de m'engager,
De vos rayons illuminez mon âme ;
Apprenez-moi comme on rit du danger.
La voix tonnante, etc.

La charité vous rendit indomptables ;
La vérité doit nous faire vainqueurs :
Le jour approche où de nouveaux miracles
Feront rougir de vils blasphémateurs.
La voix tonnante, etc.

Aux fondements de cette pyramide
Que vous dressiez au bonheur éternel,
La foi qui prend la science pour guide
Fera monter sa flèche jusqu'au ciel.
La voix tonnante, etc.

Dans ce dédale, alors que la violence,
De pleurs, de sang, composait ses festins ;
Icare vient, et de nouveaux s'élance :
Il se consacre au salut des humains.
La voix tonnante, etc.

Quand le soleil respecte son audace ;
Qu'il cueille au ciel le rameau d'olivier ;
Rien ne fléchit notre exécrable race :
Job, rédempteur, mourut sur son fumier
La voix tonnante, etc.

Scribe insolent, Pharisien moderne,
Vois s'écrouler des traiteaux vermoulus ;
Le jour parait ; la vérité gouverne :
Tous appelés, nons serons tous élus.
La voix tonnante, etc.

L'homme, épuisé de faim et de contrainte,
Dans un abîme allait chercher un but :
Il était temps qne la colombe sainte
Nous apportât la branche de salut.
La voix tonnante, etc.

Réveillez-vous ! guides sûrs et fidèles ;
Joyeux enfants, gracieux chérubins :
Suivez l'instinct et déployez les ailes ;
Volez aux cieux : montrez-nous les chemins.
La voix tonnante, etc.

Réveillez-vous! jeunesse pervertie,
Par des excès sans frein et sans pudeur,
Vous desséchez les sources de la vie,
Vous empestez la coupe du bonheur.
La voix tonnante, etc.

Réveillez-vous ! sylphides vagabondes,
Anges déchus, filles au sept douleurs ;
Fuyez, fuyez les étreintes immondes !
Un repentir efface mille erreurs.
La voix tonnante, etc.

Réveillez-vous ! femmes, la violence
Vous courbe au joug de ses antiques lois ;
Un bruit lointain murmure : délivrance !
Réveillez-vous et partagez nos droits.
La voix tonnante, etc.

Réveillez-vous! travailleurs intrépides!
L'isolement, le besoin vous flétrit ;
Venez régner dans nos bosquets splendides,
Venez briller aux tournois de l'esprit.
La voix tonnante, etc.

Réveillez-vous ! marchands : la concurrence
Pousse à la fraude et dessèche le cœur :
Dans un milieu sans foi, sans providence,
Que devenir ?... ou victime, ou voleur.
La voix tonnante, etc.

Réveillez-vous ! prêtres de l'harmonie,
Espoir du monde, artistes assoupis :
Réveillez-vous aux accents du génie !
Que vos transports se joignent à mes cris.
La voix tonnante, etc.

Réveillez-vous! juges : le jour s'apprête
Où, tous heureux, nul ne sera maudit :
Le Seigneur crie, et l'apôtre répète :
Tendez la main au frère qui faiblit.
La voix tonnante, etc.

Réveillez-vous ! guerrier aux mœurs sanglantes,
Au cœur de pierre, au farouche maintien :
Qu'un but nouveau guide vos mains vaillantes ;
Que l'oppresseur devienne le soutien.
La voix tonnante, etc.

Réveillez-vous! philosophes stupides,
Qui croupissez dans l'enfance et l'erreur :
Doit-on choisir des aveugles pour guides ?
Les sourds toujours régiront-ils le chœur ?
La voix tonnante, etc.

Réveillez-vous ! législateurs funèbres ;
Brisez le glaive, arrachez le bandeau :
Toutes vos lois sont filles des ténèbres,
Tous vos décrets consacrent le bourreau.
La voix tonnante, etc.

Réveillez-vous! lévites sacriléges,
Ivres d'encens, dans la pourpre endormis ;
Le Saint-Esprit a dévoilé vos piéges,
Il va sapper les sépulcres blanchis.
La voix tonnante, etc.

Réveillez-vous! rois qui de la contrainte
Vous êtes fait un suprême devoir;
Dans les enfers l'on règne par la crainte ;
Au paradis, l'amour est le pouvoir.
La voix tonnante, etc.

Réveillez-vous! hommes que l'imposture
A renversés sans vous avoir vaincus;
Ralliez-vous au cri de la nature :
Vous marcherez, vous ne ramperez plus.
La voix tonnante, etc.

Réveillez-vous! secouez tant d'entraves
Assez longtemps opprimés par la faim,
Par les haillons, suaire des esclaves,
Ressusciter pour un meilleur destin!
La voix tonnante, etc.

Réveillez-vous! l'archange vous rappelle;
Le beau jardin vous rouvre sa splendeur;
Si Dieu pardonne à son enfant rebelle,
Qui peut encor s'opposer au bonheur?
La voix tonnante, etc.

Réveillez-vous! enfants de la science;
Edifiez la paix du genre humain,
Et vos efforts, nouvelle providence,
Seront bénis dans des siècles sans fin.
La voix tonnante, etc.

Réveillez-vous! entendez la trompette!
Arrachez-nous à l'éternel chaos!
Réveillez-vous! car le cri du prophète
Sept fois du monde a frappé les échos.
La voix tonnante, etc.

A votre aspect, tout s'émeut, tout s'agite,
L'humanité balbutie un grand nom;
Satan s'enfuit et Fourier ressuscite;
L'ange de paix triomphe du démon.
La voix tonnante, etc.

Qu'un seul drapeau conduise nos phalanges !
Qu'un seul désir dirige nos efforts !
Qu'un seul concert confonde nos louanges !
Qu'un seul amour domine nos transports !!!
La voix tonnante
Nous dit, nous chante :
Réveillez-vous !
Peuples, réveillez-vous !
La voix profonde
Répète et gronde :
Réveillons-nous !
Peuples, réveillons-nous !!

—

LE 7 AVRIL 1844,

A CARCASSONNE.

Sur quelque époque du passé que nous arrêtions notre souvenir, sur quelque point du globe que nous jettions nos regards, nous voyons, toujours et partout, la contrainte engendrer la misère. Que l'humanité soit sauvage ou patriarcale, barbare ou civilisée, l'erreur a poussé de si profondes racines dans le domaine de l'intelligence, que la majorité des hommes a presque désespéré des développements ultérieurs d'un globe dont le pêché semble avoir fait sa proie, et sur lequel l'indigence, la fourberie, l'oppression, le carnage semblent être des éléments constitutifs de toute société.

Sans considérer si cet état était inhérent à la création et devait se perpétuer, ou si c'était un mouvement transitoire que l'enfance du monde avait nécessité, que l'orgueil et l'incurie des hommes avait maintenu, l'impiété s'empara de tous les cœurs et se traduisit, ici, en un scepticisme audacieux, là, en un mysticisme hypocrite.

Des rhéteurs sous le nom de philosophes s'emparèrent de prétendus esprits forts, mais qui n'étaient que des têtes faibles, pour les pousser à l'anarchie. Des pharisiens sous le nom de prêtres s'emparèrent d'hommes prétendus pieux, mais qui n'étaient que des esprits faibles, pour les maintenir dans le fanatisme. Et au sein de ce cahos social, la forme dut anéantir le fond, le fait dut violer le droit, des principes de conventions durent servir de base à des torrents de systèmes mensongers. Alors chaque individu eut son idole, chaque famille son intérêt privé, chaque corporation sa morale compressive, chaque nation sa politique sanguinaire, chaque continent son esclavage justifié, et la terre notre mère infortunée dévorée par les tremblements, les tempêtes, les inondations, ses volcans. les pestes, gémissait de la jeunesse flétrie, de ses enfants si longtemps et si profondément malheureux.

Un homme, un génie se lève dans la nuit des temps, ses regards resplendissants de charité lisent dans les destinées du monde. Il s'avance seul contre tous, mais il est armé du glaive de la foi. Il chante dans le désert, mais sa voix dominante étouffera tôt ou tard les rugissements des méchants, car son chant est un hymne d'espérance. Prophète méconnu, le mépris redouble ses transports; martyr indompté, quarante années de tortures ne parviendront pas à troubler la sérénité de son âme; Moïse du genre humain, il franchira dans l'isolement le désert d'une vie malheureuse, afin d'éclairer la trace qui doit conduire les générations au temple de l'harmonie, à l'autel de l'unité.

Nos neveux pourront-ils jamais croire qu'un siècle si prétentieux ait été si coupable, pourront-ils s'imaginer que la capitale du progrès ait été si vandale. Quel est le délire, quel est le venin, quel est le nouveau fanatisme qui a corrompu notre race. Eh! quoi! au nom de la religion vous persécutez celui qui vient dévoiler les propriétés et les attributions de Dieu. Au nom des sciences naturelles vous ridiculisez celui qui a trouvé la clef de l'analogie universelle. Au nom de la dignité humaine, vous proscrivez celui qui a levé le voile qui nous cachait les destinées de l'humanité. Au nom de l'unité de système vous reniez celui qui a déduit de l'attraction matérielle l'attraction passionnelle et qui a dit : « LES ATTRACTIONS SONT PROPORTIONNELLES AUX DESTINÉES ». Au nom de l'économie, vous répudiez celui qui a trouvé le moyen d'associer non seulement le capital, le travail, le talent; mais encore les passions, les caractères, les goûts, les instincts, association dont les moindres résultats sont pour chacun un *minimum* proportionnel à sa valeur, Au nom de l'ordre, vous contestez la compétence de celui qui a proclamé que « LA SÉRIE DISTRIBUE LES HARMONIES », lorsqu'un fantôme d'ordre sériaire empêche seul la dislocation de ce colosse aux pieds d'argile au cœur de plomb, colosse informe nommé civilisation. Au nom de la justice, vous flétrissez celui qui vient raffermir à tout jamais les droits de la propriété, dont les produits étant décuplés permettront une répartition proportionnelle si méthodique, que les hommes les plus pauvres de l'ordre sociétaire seront plus heureux que les plus fortunés de vos sociétés. Au nom de la moralité, vous jetez la pierre à celui qui affranchit la femme du besoin, partant de la chance la plus imminente de prostitution, à celui qui fait de la virginité le palladium de l'ordre sociétaire. Au nom de la philantropie, vous repoussez celui qui vient nous fournir les moyens de garantir aux enfants une éducation intellectuelle et professionnelle, à tel point que les enfants des monarques ne pourraient pas atteindre, dans l'état actuel, à la dixième partie des développements qui sont réserves aux plus pauvres de la génération harmonienne. Au nom de la solidarité, vous outragez celui qui a prouvé que l'humanité est un être collectif, et que nul ne peut être heureux tant que tous ne participeront pas au bonheur général. Au nom de l'unité enfin, vous excommuniez celui qui a protesté contre la multitude et l'incohérence des ordonnances humaines, celui qui a prouvé qu'à Dieu seul appartient de faire la LOI, loi qui doit enfanter la vérité, l'ordre, l'amour, la liberté ; Loi destinée à relier un jour, bientôt, quand nous voudrons, les rois et les peuples, les riches et les pauvres, les esclaves et les libres, les faibles et les forts, les vieillards et les enfants, les hommes et les femmes, le ciel et la terre, Dieu et l'humanité. La découverte de cette loi, la solution de chacun des problèmes qui s'y rattachent, était une œuvre que le genre humain tout entier n'aurait peut-être pas accomplie dans l'espace des plusieurs siècles. Quel a été le prix d'un miracle qui a duré quarante ans? il n'y a pas eu un seul infirme, si infirme qu'il fût qui n'ait jeté sa pierre au géant. Et l'autorité que nous venons sauver, ne sait pas bien, au jour qu'il est, quel rôle elle doit jouer vis à vis de nous; et le clergé que nous venons sauver nous condamne sans nous comprendre, sans nous entendre;comme les prêtres païens ont condamné Socrate, comme les prêtres juifs ont condamné Jésus, comme les prêtres chrétiens ont condamné Galilée, comme les prêtres catholiques ont condamné Fourier ; et les riches que nous venons sauver restent stupides et béants comme le Boa en travail de digestion ; et le peuple, le pauvre peuple que nous sauverons, rit et pleure, joue et grouille dans son bourbier, dans son abomination, dans sa civilisation. Et le prophète, le messie, le martyr, qui s'est dévoué pour nous sauver tous, attend, attend encore son apothéose, sa résurrection.

Au moment le plus solennel de la lutte je vivais triste et isolé aux pieds de nos montagnes. Moi aussi, dès ma plus tendre enfance, j'avais été épouvanté du désordre, et sans balancer je m'étais consacré à la destrnction du mal. Mais que pouvais-je seul contre tous.

Alors une parole, un écrit qui me parut d'abord mystérieux, vint retremper mes forces. La science sociale m'apparut dans tout son éclat, et je pus me rattacher à l'humanité, à la nature, à Dieu. Dans les extases de mes insomnies, j'attendais plein de confiance le cri de résurrection, qui ne pouvait pas tarder à retentir. L'arbre de l'avenir est si beau, ses fruits sont si doux ! et sans prévoir jusqu'à quel point les esprits étaient égarés, les cœurs malades, j'attendais!

Enfants, pleurez! femmes, frappez vous le sein, hommes, couvrez vous de cendres! Fourier est malade.

J'accours, j'épendis sur son cœur ulcéré par les iniquités dont on l'avait abreuvé, une goutte du baume le plus pur. Ses yeux se mouillèrent de larmes, son front s'illumina d'une auréole céleste, et quand je le quittai pour retourner dans nos contrées, je lui dis ces mots qui parurent l'attendrir : « Permettez moi de transmettre aux générations futures ma pression de votre main » trois fois il me serra et par cette étreinte, j'avais reçu une consécration apostolique....... il mourut!!!...

Je ne crus pas mieux pouvoir honorer sa mémoire qu'en me dévouant tout entier à l'accomplissement de son œuvre; je calculai mes forces, je mesurai le gouffre où j'allais m'aventurer, je ceignis mes reins et, confiant mon avenir à la providence, je partis pour conquérir le monde au bonheur.

Tous pendant longtemps me prirent pour fou. Travaux, privations, sacrifices, misères, fatigues, outrages, nul ne pourra jamais les comprendre; j'en ai fait la confidence à Dieu seul.

Cependant le nombre des adeptes grandissait. De tous les points du globe nous recevions des adhésions chaleureuses, mais le midi semblait insensible au mouvement général. Plein d'un sain transport, je m'écrie : «Les derniers seront les premiers! » confiant dans votre intelligence, dans votre courage j'accours. Simon joint ses efforts aux miens, et l'empressement que vous avez mis à former cette réunion, m'est un sûr garant que nos travaux n'ont pas été stériles.

N'est-il pas heureux de penser que cet anniversaire, à jamais mémorable, nous met en communion avec les hommes d'élite de toutes les nations de la terre, et qu'il est le germe de cette unité universelle, de cette fraternité humaine, vainement rêvée de tous temps par les plus grands génies ; car peut-on voir une ombre de fraternité dans cette exécrable civilisation, où l'intérêt de l'individu le rend ennemi de lui-même et de ses semblables, où ses passions, au lieu de le développer, de le conserver, le poussent vers sa ruine, tandis que l'espèce entière se débat dans une anarchie permanente. Là, la gastronomie conduit à la maladie, à l'abrutissement ; l'amour, à l'orgie, à la déception ; l'amitié, à la duperie, à la friponnerie ; le familisme, à la tyrannie, à l'hypocrisie ; l'ambition, à la perfidie, aux fureurs de parti, aux fourberies commerciales, à tout excepté au bien. Là, le père est obligé d'opprimer la famille ; le supérieur, ses subordonnés ; le monarque, ses peuples ; la race blanche, les autres races. Le prix de cette oppression générale est une haine universelle, le fruit de cette duplicité, — c'est la guerre, la mendicité, la prostitution, l'esclavage, le bagne!... Je n'irai pas plus bas.

Frères des climats poétiques, des régions lumineuses réveillons-nous, affranchissons le monde du règne des ténèbres, que la lumière intellectuelle soit ! de la hardiesse, qu'il n'y ait rien dont notre courage ne puisse venir à bout. Electrisons les esprits paralysés par tant d'infortunes, ravivons au fond des âmes cette étincelle sympathique qu'on croit éteinte, et qui n'est qu'ensevelie sous des monceaux de cendres. Gloire aux hardis conducteurs qui déblayeront la route qui conduit à la félicité! les générations passées nous crient persévérance, les générations futures nous tendent les bras, et dans leurs cœurs reconnaissants seront gravés des noms qui feront l'admiration des postérités.

Le navigateur, pour acquérir une fortune modique et incertaine, dépense de longues années, s'expose à mille périls.

Le guerrier, pour cueillir un laurier teint de sang, supporte de longues fatigues, s'expose mille fois à la mort.

Nos pères, pour conquérir un vain fantôme de liberté, renouvelèrent les travaux des Titans.

Nos ayeux, pour de vieilles murailles, emblêmes d'une régénération avortée, se ruèrent sur la terre sainte, combattirent en héros, moururent en martyrs aux cris de Dieu le veut!.. Et nous, indignes enfants d'une race de géants, lorsque nous n'avons qu'un pas à faire, un vœu à former pour constituer la fortune, la santé, la gloire, la liberté, le bonheur de toutes les nations du monde, de toutes les générations futures, resterons-nous immobiles sous les regards de la stupidité qui voudrait nous fasciner, attendrons-nous pour agir la permission de ces hommes sans cœur, de ces nullités qui ne savent trouver le bonheur, que dans le contraste que leur présentent les infortunes des classes qu'ils appellent inférieures.

Tout doit profiter à la cause de la vérité, et ces agressions brutales ont eu un résultat bien précieux, c'est celui de déterminer des hommes de valeur qui n'étaient encore que bienveillants, à devenir sympathiques. Il ne leur reste plus qu'un pas à faire, c'est celui d'aborder avec une pleine confiance l'exploration de la plus sublime des sciences.

Donc Dieu le veut! touchez, écoutez.

regardez, tout est merveilles dans la nature. Le créateur a fait son œuvre, à nous notre tâche. Il nous a donné l'air, à nous de respirer, il nous a donné la lumière, à nous d ouvrir les yeux; il nous a donné les éléments de la félicité, à nous de la réaliser, en utilisant les agents divers qu'il a mis à notre disposition, et que notre maître est parvenu à coordonner par une succession de travaux inouis.

Enfin secouons les langes d'une enfance désordonnée, soyons hommes; sentinelles du progrès social une immense responsabilité sollicite nos efforts. Car si par notre lâcheté nous permettions au mal de regner encore sur la terre, que pourrions-nous répondre aux accusations de ces malheureux, que le torrent de nos iniques institutions a entraînés dans la misère ou dans le crime.

Rois, grâce pour vos peuples.

Mères, grâce pour vos enfants.

Hommes, grâce pour l'humanité.

Levons-nous tous et courons au salut!

Alerte! allons un sublime génie nous ouvre la voie; proclamons ses travaux, annonçons au monde que Dieu a jeté un regard paternel sur ses enfants trop longtemps malheureux. Annonçons que la nature n'attend qu'un signal pour nous ouvrir ses flancs producteurs et nous inonder de trésors et de félicités. Proclamons que l'homme rallié à l'homme, à la création, au créateur, va entonner l'hymne de délivrance. Alors les enfants chanteront Noël, les femmes Alleluia, les hommes, Hosanna, et les vieillards diront: Seigneur, Dieu de justice et de vérité, merci; car avant de fermer la paupière, nous avons pu saluer l'aurore du bonheur universel.

Voyez, voyez poindre ces temps prédits par les prophètes, écoutez : « L'es-« prit du Seigneur est sur moi, il m'a « envoyé pour guérir ceux qui ont le « cœur brisé, annoncer aux captifs la li-« berté, aux aveugles le recouvrement de « la vue ; et pour délivrer ceux qui sont « dans l'oppression.

« Les peuples, comblés de richesses et « de délices, et trouvant les voies de for-« tune dans la pratique de la justice et de « la vérité, vont s'écrier dans une sainte « ivresse :

« Voici venir les jours de miséricorde. « Seigneur nous avons assez vécu, puis-

« que nous avons vu l'œuvre de votre
« sagesse, le code sociétaire que vous
« avez préparé pour le bonheur de tous
« les peuples. Heureux ceux qui ont faim
« et soif de justice, car ils seront rassasiés.
« C'est vraiment par l'harmonie socié-
« taire que Dieu nous manifeste sa pro-
« vidence, et que le Sauveur, selon sa
« prophétie, vient à nous *dans toute la*
« *gloire de son père*. C'est le règne du
« Christ, il triomphe, il est vainqueur!..

Et ces temps sont venus! préparons, préparons ce triomphe; alerte! hommes de cœur; ouvriers de la vigne du Seigneur à l'œuvre, à l'œuvre, Dieu le veut!..

A AUGUSTE BIANQUI.

Marchons hommes de cœur, mes frères,
Et laissons aux âmes vulgaires
Désespérer du genre humain.
La voix ardente du poète
Vous dit, vous chante, vous répète:
Insensés voilà le chemin.

La foi le soutient, le ranime,
Et pour vous tirer de l'abîme,
Pour franchir de nouveaux dégrés,
A l'humanité chancelante,
Il fournit sa sève brûlante
Afin d'éclairer le progrès.

Guidé par l'étoile des mages,
Ses regards percent les nuages
Dont se voile le saint esprit;
Elu du ciel, fils du génie,
Il dédaigne l'hypocrisie
Qui le hue et qui le poursuit.

Elle dit : « Maudissons les fêtes
Où nos pères sur leurs prophètes
Portaient de sacrilèges bras. »
L'Homme-Dieu vient-il à paraître,

Elle le poursuit comme traître,
Elle le conduit au trépas.

Plus tard, ses neveux de leur haine
Proscrivent la race inhumaine
Qui fit périr le Rédempteur :
Ces hypocrites de leur rage
Poursuivent le Christ de notre âge,
Le Prophète libérateur.

Dans ces suppôts de la folie,
Dans ces vêterans de l'orgie,
Dans ces Titans d'iniquité,
Dans ces ignobles amalgames
D'exploits hideux, d horribles trames,
Qui reconnaît l'humanité.

Mais pour combler tant de misères,
Dans les palais, dans les chaumières,
Le serpent des collisions
Suscite un double fanatisme,
Et Prépare le cataclisme
Qui fait crouler les nations......

Allons race républicaine,
Quand le préjugé qui t'enchaîne
Empoisonne tes aliments ;
Baignés aux sources de la vie,
Les Apôtres de l'harmonie
T'offrent des sucs fortifiants.

Alerte aveugles journalistes,
Demi-croyants, fervents simplistes,
Triomphateurs du lendemain.
Dieu le veut, ouvrons la barrière,
Osons, groupés sous sa bannière,
Combattre les fils de Caïn.

Un géant nous trace la route,
Laissons dans l'ornière du doute
Les incurables de l'enfer.
Organisons-nous la victoire,
L'Eternel nous commet sa gloire,
Oui, sa cause doit triompher.

Marchons, c'est le ciel qui nous guide,
Voyez sur cette pyramide,
Sur ce phare de liberté,
Se dérouler des plis immenses,
C'est l'arcane de nos souffrances,
C'est l'étendard de l'unité.

Enfants des pôles, des tropiques,
Des royaumes, des républiques,
Saluez le *Palladium*.
Riches, pauvres, rois, prolétaires,
Dieu vous bénit, vous êtes frères,
Entonnez tous le *Te Deum*.

Oh ! temps prédits par le Messie !
Oh ! jour de céleste harmonie,
Ton aurore éclaire le port ;
Et les séraphins et les anges,
Et les trônes et les archanges,
T'ont salué de leurs transports.

Marchons, hommes de cœur, mes frères,
Et laissons aux âmes vulgaires,
Désespérer du genre humain.
La voix ardente du poète
Vous dit, vous chante, vous répète,
Insensés, voilà le chemin.

—

AU MINISTRE.

Ministre du Seigneur, le soleil, dans sa gloire,
Guide, anime, soutient les mondes qu'il régit,
Et le faible et le fort, le grand et le petit,
Sont toujours, sont partout présents à sa mémoire;
Riche de sa chaleur, puissant de son éclat,
Ses rayons vont chercher la comète invisible,
Et le concert du ciel est le signe inflexible
D'un père intelligent administrant l'état.

Soumis avec transport à la loi souveraine,
Ses décrets souverains commandent le bonheur;
Et l'épouse, enivrée à sa féconde ardeur,
Et l'enfant, vagabond à la céleste plaine,
Par des chemins divers mais vers un but commun,
Accomplissent, unis, la grande destinée,
Règle pour les humains dans les cieux burinée,
Par celui qui peut tout, qui fait tout, qui n'est qu'UN.

Quel bien nous a produit, infirmes que nous sommes,
Quel bien nous a produit un exemple si beau?..
Un malheur incessant pousse vers le tombeau
Les serfs de Belzébuth qui se disent des hommes.
La haine, les haillons, l'esclavage, la faim,
La guerre et ses horreurs, la peste et ses misères,
Dévorent les mortels créés pour être frères,
Et dans ses fondements sapent le genre humain.

Toujours sous mes regards ces fantômes iniques!
Mon Dieu! Seigneur, mon Dieu, détourne ce tableau!
Etouffé, mutilé dans cet infect caveau,
Etreint de toute part de spectres faméliques,
Quel doigt peut aux démons montrer la vérité?
Qui voudra se chauffer aux rayons de ma flamme?

Quelle main dans ma main, quelle âme dans mon âme
Réflétera les feux de la sainte clarté!.....

Ministre d'un Seigneur chargé de nous conduire,
Vous cherchez le fanal qui désigne le but,
L'arche qui doit entrer dans le port de salut,
Le pilote sacré qui doit nous introduire ;
Le pilote n'est plus, il est mort épuisé,
Mais Dieu nous aidera, les vents sont favorables,
Les matelots sont forts, les rameurs indomptables.
Le pilote n'est plus, il fut martyrisé !!

Gomorrhe tressaillit à sa longue agonie,
Les fils de Barrabas décrétèrent son sort,
Et les voix des démons crièrent : il est mort !
Il est mort, mais heureux de nous donner la vie,
Il est mort, mais je vis, je vis pour vous juger,
Reptiles ténébreux ; je vis pour vous confondre,
Vampires affamés ; essayez de répondre ?
Il est mort, mais je vis, je vis pour le venger !...

Le venger, et pourquoi? le fou dans son délire
Frappe le sein flétri de son aïeule en pleurs ;
L'idiot pour du pain prend des poisons rongeurs.
Dieu dira-t-il un jour aux enfants du martyre :
Pourquoi, fils de la nuit, as-tu fermé les yeux,
Lorsqu'un astre éclatant éclairait des merveilles?...
Pourquoi, fils des enfers, bouchais-tu les oreilles
Au chant du Rédempteur, hymne miraculeux?...

Mais enfin, pour sortir de l'affreuse caverne
Où mille préjugés nous tiennent accroupis,
Quels bras assez vaillants, quels cœurs assez hardis
Purgeront nos instincts de cette hydre de Lerne?
Quel baume adoucira nos esprits irrités?
Qui nous arrachera du bras de la mégère?
Qui nous affranchira de l'antique misère
Dévorant sans pitié ceux qu'elle a révoltés?

Ecoutez ! regardez ! l'énigme salutaire
Qu'un génie inspiré sut dérober aux cieux,
Bourdonne à notre oreille, et nous brûle les yeux.
Mais aveugles, mais sourds, la race de Cerbère
A vivre dans l'enfer lâchement se résout !...
Nous faut-il entonner l'hymne des funérailles,
Où, pour les émouvoir, hurler à leurs entrailles :
« Si le pilote est mort, l'équipage est debout ! »

Voyez : la foi jaillit en paroles de flamme,
La vérité déborde en faisceaux lumineux ;
Laissez-vous éclairer, ministre généreux,
L'éternel vous sourit, sa bonté vous réclame !...
Prudent, mais résolu, prenez le gouvernail;
L'autan est muselé, la mer nous est propice;
Voyez, voyez là-bas la plage de justice;
Guidez le troupeau saint au céleste bercail.

Un seul mot, un regard; courage, allons, courage !
Un regard, un seul mot, et nous sommes sauvés !
Ministre tout puissant, les temps sont arrivés.
Un seul mot, un regard, et ton nom d'âge en âge
Sur les échos du ciel vole à l'éternité !
Et les anges ravis de notre délivrance,
Pour honorer le roi, pour célébrer la France,
Prendront leurs lyres d'or et crieront : Liberté !

AU ROI DES FRANÇAIS.

Je modulais le chant qui s'exhale en cantique,
Solitaire et pensif, j'errais sur le coteau,
Tu parus, je te vis sur un char magnifique,
Tu quittais le palais pour voler au château,

De nombreux courtisans veillaient à la portière,
Les gardes t'entouraient prêts à braver la mort;
Epuisé par la faim, tout couvert de poussière,
Je pleurai sur ton sort.

Oh! malheureux forçat du bagne politique!
Le salut du pays te condamne à souffrir;
Au pilori pourpré de la chose publique,
Ton boulet d'or massif te défend de gémir;
Victime dévouée à la cause commune,
Tu braves les bourreaux en plaignant les valets,
Ta femme, tes enfants plaignent ton infortune,
Eternel Damoclès!

Quel est donc ce destin que le vulgaire envie?...
Régir des assassins, des sbires, des mendiants,
Se faire prisonnier pour abriter sa vie,
Être admiré des sots, dupe des intrigant;
Présider aux horreurs qu'enfante le carnage,
Raviver dans le sang l'hydre des factions,
Répandre ses bienfaits pour récolter l'outrage,
O chef des nations!

Et qu'est-ce que l'éclat, le renom, la fortune,
Quand l'âme s'est usée à maudire, à punir;
Quand un peuple en haillons, d'une plainte importune,
Accuse le passé, menace l'avenir;
Quand livide et sanglant, le spectre des vengeances
Vous somme d'accomplir de funèbres devoirs?
Quand le cœur est sans foi, l'esprit sans espérances,
Qu'est-ce que le pouvoir?...

Si le démon saisi de la toute-puissance,
Avait pu, des enfers, nous infliger les lois,
Nous eût-il enivré de plus sombre démence;
Pouvait-il, de nos maux, aggraver plus le poids!
Misère, fourberie, oppression, carnage,
Nous frappèrent hier, nous frapperont demain;

C'est l'héritage affreux que transmet d'âge en âge
Le pauvre genre humain!...

Et Dieu, Dieu tout-puissant, Dieu, sagesse infinie,
Se plairait au tableau de nos calamités!...
Impassible, il verrait ses enfants dans l'orgie,
Agrandir le torrent de leurs iniquités!
Mais quand un mot suffit à sa bonté suprême,
Pour disposer nos cœurs a bénir ses bienfaits,
Ce mot, ce dernier mot serait-il : anathème!
Maudits à tout jamais!

Non, non! Dieu nous protége et son règne s'apprête;
L'enfance en vagissant prélude à la chanson,
Les augures trompeurs précèdent le prophète,
De la chenille affreuse éclot le papillon.
L'humanité perdue aux ténèbres bibliques,...
Jésus lui révéla de nouvelles clartés.
L'esprit-saint va jaillir en torrent prophétiques.
Ecoutez! écoutez!

Un DIEU bon et puissant donne la vie au monde,
Une LOI lui suffit pour régir l'univers,
Et de l'attraction la merveille féconde,
Dans un ciel infini dirige les concerts;
La terre ainsi que l'eau, l'éther comme l'arome,
Caractères et goûts, instincts et passions,
L'esprit comme le corps, l'astre ainsi que l'atome;
Tout vit d'attractions.

Les règnes tous formés, en groupes, en séries,
A la voix du seigneur sortiront du cahos,
L'ordre du firmament nous peint les harmonies
Qui doivent diriger, embellir nos travaux.
Si l'homme audacieux osa briser la trame,
Ralliant les mortels à la divinité,...
L'HOMME pourra venir!... il paraît, il proclame
La loi de l'unité.

Un nouveau fanatisme égare notre race,
De l'incrédulité les bataillons nombreux,
Sur un nouveau messie exercent leur audace,
Insensibles et sourds, ils détournent les yeux.
Le pontife, les rois secondent leurs furies ;
Quand le peuple abruti le condamne au trépas,
Lui, soleil des esprits, lui, flambeau des génies,
Ne les éclaire pas !

Quels soupirs, quels accents, quels efforts, quel délire,
Arrachera le monde à ses infirmités ?..,
Quels exemples fameux faudra-t-il donc produire
Pour extirper des cœurs tant de callosités ?...
Au festin du sabat présomptueux convive,
Notre siècle au veau d'or va dressant un autel ;
Balthazar, Balthazar, souviens-toi de Ninive,
Crains le courroux du ciel !...

Mais l'étoile polaire a percé le nuage ;
Un PILOTE sacré saisit le gouvernail ;
Entendez les transports, les cris de l'équipage,
Ce chant libérateur : au travail ! au travail !
Le jour qui va paraître est le jour des miracles,
Le peuple à jamais libre est à jamais soumis,
Les puissants rassurés renversent les obstacles,
Et les rois sont bénis !!

—

LE 13 JUILLET 1843.

A LA DUCHESSE D'ORLÉANS.

Femme, au nom de vos sœurs, au nom de votre père,
Au nom de vos enfants, au nom de votre mère,

Au nom du Tout-Puissant, à la vie, à la mort!
Femme, la vérité du ciel est descendue :
Votre bouche inspirée, annonçant sa venue,
Peut disposer de notre sort.

Quand les sombres décrets, divine Providence,
Nous faisaient craindre Dieu, douter de sa clémence;
Seigneur, quand ta justice excitait nos terreurs,
Lorsque la nuit du cœur produisait nos alarmes,
Le tombeau, le tombeau, lui, récoltait ses larmes,
Quand la mort moissonnait nos fleurs!

Alors si d'un beau lys, espoir d'un beau parterre,
La corolle flétrie inclinait vers la terre,
Son front pâle, mourant, et faisait ses adieux,
Voyant du mal, la foi protestait, égarée;
Mais la fleur aspirant à la vie éthérée,
L'arome remontait aux cieux!

Tu compris notre amour, voyant notre délire,
Orgueil d'un beau jardin, fleur d'un brillant empire,
Quand Dieu te dégagea des liens du néant,
Quand son doigt désigna l'immortelle carrière,
Ton esprit, secouant la céleste poussière,
Alla régner au firmament!

Un soupir s'exhala dans ta phase ascendante :
Tu quittais un instant l'épouse, ton amante,
Tes parents leur soutien, tes enfants notre espoir;
Au printemps de la vie, à la fleur des années,
Soleil vivifiant de tant de destinées,
Tu te couchais avant le soir.

Les fleuves *aromaux* ont fourni leur essence,
L'éther est distillé, l'agape au ciel commence :
Chacun d'un exilé désirait le retour.
Le clairon retentit, une auréole brille,

Le convive apparaît : la céleste famille
Est ivre de joie et d'amour.

Son être a revêtu la subtile matière.
O réveil ! ô splendeur ! un monde de lumière
T'inonde de clarté sans t'éblouir les yeux ;
Un chœur de Séraphins célèbre ta présence ;
Une sainte, une sœur, un archange s'élance,
Indicible bonheur des dieux !...

Quel ordre ! quel tableau ! mille plaisirs en foule
Courent te disputer au plaisir qui s'écoule !
Puis, quand le jour bleuit, hôte des chérubins,
Caressé de soupirs, bercé de mélodies,
Tu planes défaillant aux sein des harmonies:
L'extase est le sommeil des saints !

Femme, au nom de vos sœurs, au nom de votre père,
Au nom de vos enfants, au nom de votre mère,
Au nom du Tout-Puissant, à la vie, à la mort !
Femme, la vérité du ciel est descendue,
Votre bouche inspirée, annonçant sa venue,
Peut disposer de notre sort

Oui, pleurons, mais sur nous, sur nos destins contraires!
Là-haut tant de bonheur ! là-bas tant de misères !
Le Seigneur tout-puissant serait-il inhumain ?
Ou plutôt, fascinés de vertiges funestes,
N'aurions-nous pas couvé le germe de ces pestes
Qui dévastent le genre humain ?...

N'aurions-nous pas déjà, dès la première enfance,
Au sein du paradis, sur l'arbre de science,
Tendu nos bras hardis pour cueillir des fruits verts ?
N'aurions-nous pas bientôt, aveuglés de colère,
Sur un homme innocent, au cœur de notre frère,
Plongé ces mêmes bras pervers ?

N'aurions-nous pas plus tard, échappés de Gomorrhe,
Reproduit en tous lieux des transports qu'on abhorre,
Et, pour nous abriter, fortifié Babel ?
N'aurions-nous pas, enfin, pour comble de démence,
A nos deux rédempteurs, prophètes de clémence,
Fait boire l'absinthe et le fiel ?

Femme, au nom de vos sœurs, au nom de votre père,
Au nom de vos enfants, au nom de votre mère,
Au nom du Tout-Puissant, à la vie, à la mort !
Femme, la vérité du ciel est descendue,
Votre bouche inspirée, annonçant sa venue,
Peut disposer de notre sort.

Le monde, par ma voix, jette un cri de détresse :
Ah ! laissez-vous toucher, généreuse princesse !
Epouse, votre époux se joignant à mes vœux,
Dans ce jour solennel, demande notre grâce !
Chrétienne, que de Dieu la volonté se fasse
Sur cette terre comme aux cieux.

A LA PRINCESSE CLÉMENTINE.

Oh ! grande princesse
Que le sort caresse,
Voyez la détresse
Du fils du hasard.
Belle et bonne dame,
Du fond de son âme,
De vous il réclame
Un simple regard.

Quand le monstre immonde,
Quand l'impiété

Envahit le monde,
Dieu dans sa bonté,
Choisit dans la foule
Un être ignoré,
Un longtemps s'éconle
Qu'il semble égaré.

Fort de sa ruine,
Avançant toujours;
De l'œuvre divine
Il poursuit le cours.
Femmes, enfants, patrie,
Honneurs, tout est vain;
Le Seigneur lui crie :
Poursuis ton chemin !....

Un jour il arrive
Que le pèlerin,
Perdu dans Ninive,
Mendiait son pain;
Sa plainte incessante
Priait le Seigneur:
La tourbe insolente
Raillait sa douleur.

Mais vous qu'il implore.
Laissez-vous toucher;
Votre don va clore
L'ère de pécher;
Si belle, si bonne,
Bénie en tout lieu,
Faites-lui l'aumône
Pour l'amour de Dieu.

De sou pas timide
Soutenez l'élan,
Que votre main guide
L'apôtre tremblant;

Les pieds dans la tombe,
Mais toujours serein,
Pour qu'il ne succombe,
Tendez lui la main.

Oh ! grande princesse,
Que le sort caresse,
Voyez la détresse
Du fils du hasard.
Belle et bonne dame,
Du fond de son âme,
De vous il réclame
Un simple regard.

Dans la douce ivresse
D'un rêve brillant,
Le réveil, princesse,
Peut être effrayant.
La grande parole
De l'Eternité
Dit : jettez l'obole
A l'humanité.

Jettez une mie,
Dieu vous bénira ;
Et dès cette vie
Il vous le rendra.
Comblez son délire,
Jettez un soupir.
Montrez le sourire
Qui fait réussir.

Et son chant va prendre
Des tons différents,
Pour se faire entendre
Même des puissants.
Aux cœurs inflexibles,
Les cris de l'airain,

Aux âmes sensibles
L'air harmonien.

Sa voix dominante
De nos vains concerts
Surgit triomphante,
Remplit l'univers;
Sortez de l'enfance
Esprits corrompus ;
L'apôtre s'avance,
Les temps sont venus.

Le ciel illumine
Son front irrité,
Et de sa poitrine
Sort la vérité ;
Votre sein palpite,
Vous l'avez compris ;
Votre bras s'agite,
Nous sommes guéris.

Oh! grande princesse,
Que le sort caresse,
Voyez la détresse
Du fils du hasard.
Belle et bonne dame,
Du fond de son âme,
De vous il réclame
Un simple regard.

A L'ARTISTE.

EPITRE.

—

A l'œuvre! à l'œuvre, artiste! Quoi! les regards constamment fixés vers un occident nébuleux? Quoi! toujours accroupi sur les ruines d'un passé volcanique. Que prétends-tu découvrir? que peux-tu espérer?

Courage! lève-toi, détourne la tète, regarde, mais domine le vertige que doit d'abord inspirer une apparition miraculeuse.

Vois-tu dans cet océan de clarté, ce point lumineux qui s'avance pour tout envahir? c'est le phare de la vérité; le monument qu'il vivifie est le temple de justice et de félicité. Avance, les ailes du génie bravent le temps et l'espace; avance, le sceptre appartiendra au vaillant qui le premier s'élancera d'un vol audacieux.

Chaque instant qui s'écoule lorsqu'une

divine promesse a été promulguée est une chance acquise pour sa réalisation ; après tant de siècles d'infortunes, loin de l'espérer, nous devions au contraire prévoir le terme de nos épreuves ; vois d'où nous sommes partis et où nous sommes arrivés. Tous ces prodiges réalisés ne seraient-ils que des éléments destinés à aggraver par une convoitise incessante, la masse des douleurs du plus grand nombre. Quel temps Dieu aurait-il pu mieux choisir pour nous donner un éclatant témoignage de sa puissance et de sa sagesse. Au centre d'une multitude de progrès purement matériels, l'artiste, le savant, le prêtre, succombent sous le poids de la plus affreuse idolâtrie. Leurs déportements ont fait chasser ces demi-dieux de l'Olympe ; et pour vivre ; nous les voyons dans nos cités qu'ils concourent à corrompre de plus en plus, l'artiste transformé en maquignon, le savant en charlatan, le prêtre en augure ; si tout est sali, sophistiqué, corrompu, quand donc apparaîtra le VOYANT ? alors !

Les âmes pures le reconnaîtront comme on reconnaît un arbre à ses fruits. Si sa bouche dit : je crois en Dieu, ses actions ne diront pas : je crois au démon; il cherchera la loi divine, il la trouvera et consacrera sa vie à la faire comprendre.

Ce seront d'étranges problèmes pour les races futures, à savoir jusqu'à quel point le siècle a poussé sa bestialité, le riche sa dureté de cœur, le pauvre sa longanimité, l'artiste son impiété, le savant sa jactance, le prêtre sa cupidité ; et tant de signes ne vous ont pas fait pressentir que l'ordre allait sortir du cahos! Vous attendiez donc la fin du monde?

Ah! si vous aviez pu prévoir toutes les inspirations que vont fournir à l'art les voies définitivement religieuses, dans lesquelles votre position d'artiste distingué vous invitait à prendre le premier rang!... à l'œuvre, la foi enfante l'inspiration, l'inspiration enfante la vérité, la vérité enfante le bonheur, le bonheur enfante la religion, la religion enfante les chefs-d'œuvres, la religion la plus sublime, la religion définitive doit enfanter des merveilles inouies.

Si des femmes, si des enfants soulèvent sans effort un voile qu'on avait cru d'airain et qui n'est que de gaze, l'artiste que sa nature appelle à être initiateur restera-t-il sourd, restera-t-il aveugle? Ce chiendent parasite, cette ivraie indestructible, le *préjugé* a-t-il jeté dans le domaine de l'inspiration de si profondes racines, que même les esprits privilégiés soient impuissants à se détourner un instant, un seul instant, pour contempler l'arbre de la science du bien, épanouissant à l'infini les fleurs de la poésie, les fruits de la félicité.

Souvenez-vous, artiste, que les découvertes les plus utiles ont été proscrites à leur naissance, même par les hommes qui auraient considéré comme un outrage d'être classés au rang de ceux, qui se laissent entraîner par l'influence des préjugés érigés en articles de loi.

Oh! si tant d'existences n'étaient pas en cause, combien je rirais de bon cœur de la stupide arrogance des Enfantin des Lamenais, des Thiers, des Arago, des Lamartine, des Cousin, des Leroux, qui font semblant de chercher, qui cherchent peut-être même ce qui est apparent pour des enfants; mais l'horreur me pénètre lorsque je vois des vampires de l'intelligence, profanateurs ténébreux, exhumant frauduleusement le génie méconnu, pour s'alourdir d'une orgie sacrilège. Ils persuaderont peut-être aux badauds qui les écoutent, qu'ils ont eu une idée neuve, alors, que leur importe que l'humanité reste dix ans de plus dans son égoût.

Eh bien ! pour mettre un terme à cette bacchanale, que faut-il ? Quand j'étais fou, quand j'étais à Bicêtre, j'ai vu des aliénés qui allaient se cacher au moment du repas. Il fallait les traîner à table et les menacer des plus rudes châtiments pour les faire boire et manger.

Eh bien ! il faut qu'un peintre en renom, qu'un poète en faveur, qu'un statuaire inspiré enchaîne par l'admiration, autour d'un travail révélateur, les moutons de Panurge.

Je vous crois digne d'accomplir ce miracle. Je vous convie à y consacrer votre génie ; et sûr d'être entendu cette fois, je vous envoie d'avance votre couronne d'immortalité.

—

AU LORD.

ÉPITRE.

Vous daignez m'entendre, Milord, vous permettez que je vous écrive; vous voulez juger avec connaissance de cause, soyez béni!

Ma main tremble, mon cœur bondit; jamais débats plus graves ne se sont agités dans le monde. Il ne s'agit plus d'une frontière, d'une province, d'un empire, c'est le salut de l'humanité qui doit surgir des efforts de mon éloquence, de l'étendue de votre magnanimité.

Nous sommes bien malheureux, Milord; la misère dévore les pauvres, le vide écrase les riches. La fourberie, l'oppression, le carnage nous débordent tous; et pourtant Dieu est bon, et pourtant Dieu est fort!!

Créés libres et intelligents, la régie du globe devait nécessairement être l'apanage de ces facultés providentielles; et, afin qu'elles s'exerçassent dans toute leur intégralité, nous devions pouvoir engendrer le mal, ou constituer le bien. La loi primordiale, la loi que Dieu nous avait donnée pour guide et moteur, étudiée avec intelligence, pratiquée avec liberté, nous aurait conduits à cette dernière période : mais l'orgueil mondain, sourd à la voix de Jésus-Christ, sourd à la voix de la nature, nous a plongés et maintenus dans le bourbier social.

L'éternel géomètre ne peut pas employer deux ressorts, quand un seul lui suffit, et si le sublime Newton a découvert l'attraction planétaire, qui régit harmonieusement l'univers, l'attraction passionnelle doit régir les sociétés humaines.

Jusqu'ici les passions, sous la loi de l'homme, ont été les instruments de notre perversité ; mais le fer peut tuer ou féconder la terre, mais le feu peut incendier ou réchauffer nos membres engourdis, mais l'eau peut ravager ou fertiliser nos plaines. Sous la loi de Dieu, les passions doivent enfanter des miracles, et par l'association composée nous devons décupler les produits, centupler notre bien-être.

Et alors plus d'armée dévastatrice, plus de douanes prohibitives, plus de marine militaire ; quatre marchands remplacent quatre cents marchands parasites ; un seul foyer, un seul grenier, une seule cave, une seule bibliothèque, desservent quatre cents familles harmonisées; un seul but dirige mille efforts ; l'abondance, la paix, le bonheur, la volonté de Dieu règnent sur la terre !

La constitution physique et passionnelle de l'homme nous démontrent qu'il est créé pour le travail ; le travail donne la richesse ; la richesse donne la moralité ; la moralité donne le bonheur ! Dieu est bon, le travail doit être le bonheur ! Et il restait à trouver le moyen selon lequel Dieu veut que nous organisions le travail !

Peut-on comprendre à quel point s'élèveraient les produits : « si les hommes, femmes et enfants travaillaient par plaisir dès l'âge le plus tendre jusqu'à l'âge le plus avancé ; si la dextérité, la passion, la mécanique, l'unité d'action, la libre circulation, la vigueur, la longévité des hommes et des animaux », si tous ces moyens étaient combinés ?

Et il est extrêmement facile de les combiner.

Que vous dirai-je, Milord, un investigateur profond, un mathématicien indompté, un logicien sacré, Fourier, enfin, a tout cherché, tout trouvé, et la France, marâtre implacable, patrie qu'il venait combler de gloire, inonder de bonheur, la France l'a tué sous le poids du mépris, sous l'étreinte de la faim!

A mon tour d'occuper la brèche! Je ferai tant d'efforts, que quelque esprit intelligent, quelque cœur généreux, voudra me connaître, voudra m'entendre, voudra concourir à l'intronisation de la loi de justice et de vérité, voudra inscrire son nom entre celui de Fourier et de Newton, voudra remplir de sa gloire la plus profonde postérité!

Je ne vous demande rien pour moi, Milord, et si vous n'aviez pas été malade, voici ce que j'attendais de vous; vous m'auriez écouté. La naïveté, la logique de ma conviction vous auraient touché; vous auriez souffert ma visite trois ou quatre fois, et peut-être pénétré d'une sainte admiration, heureux de la nouvelle vie qui se déroulerait devant vous, vous auriez consacré la millième partie de votre avoir, quelque coin de terre que nous vous aurions défriché, complanté, embelli, où enfin nous aurions pratiqué la loi de Dieu. Vous auriez été notre père, le bienfaiteur du genre humain ! A la vue de tant de miracles inouïs, toutes les nations se seraient empressées d'imiter notre religieux exemple ; aussitôt plus de sauvages, plus d'esclaves, plus de pauvres, plus de malfaiteurs, et l'hymne de reconnaissance entonnée par mille et mille voix eût porté votre nom jusqu'aux pieds de l'Eternel qui l'aurait béni !

La mère ne fait pas, pour son enfant malade, des vœux plus ardents que les miens, pour votre retour à la santé.

Adieu, Milord ! Je vous salue, comme les mages et les bergers durent saluer le Rédempteur du monde spirituel ; j'attends votre réponse avec une confiance fébrile !

A Mme MARIE JOLY.

—

Errant, proscrit, succcombant de détresse,
L'apôtre, un jour,
Les pieds sanglants, le cœur plein de tristesse,
Doute à son tour;
Mais un rayon vient colorer sa vie;
Mais au lointain ;
Le compagnon de l'enfant de Tobie
Lui tend la main,
Oui, lui tend la main.

Ancien soldat de la nouvelle église,
Longtemps martyr,
Hélas! si près de la terre promise,
Doit-il mourir ?
Qui répandra sur son âme flétrie
L'huile et le vin :
Le compagnon de l'enfant de Tobie
Lui tend la main,
Oui, lui tend la main.

Comme Jésus ses prières plaintives,
Sa faible voix
Fait pressentir le Jardin des Olives,
L'horrible croix.
Comme le Christ, voyant l'absinthe, il crie :

Fatal destin !
Le compagnon de l'enfant de Tobie,
Lui tend la main,
Oui, lui tend la main.

Le séraphin à la douce parole,
L'ange du ciel,
Vient présenter la salutaire obole,
Le lait, le miel,
Car le Seigneur a dévoilé Marie
Au pélerin.
Le compagnon de l'enfant de Tobie
Lui tend la main,
Oui, lui tend la main.

AU DOCTEUR DE LA LOI.

L'humanité de Dieu redeviendra la fille,
Quand elle aura sauvé l'état et la famille
De la duplicité;
L'intérêt divergent conduit à l'infortune,
L'univers est lié par une loi commune
De solidarité.

L'Eternel du malheur fit l'école suprême
Pour nous initier au céleste problème,
Mais non pas pour punir;
Créés intelligents, libres dans notre voie,
Du faux nous vient le mal, du vrai nous vient la joie,
Et nous pouvons choisir.

La nature en tous lieux déroulant ses merveilles,
Les bruits mystérieux qui charment nos oreilles,

L'arôme, la couleur,
Les transports de l'esprit, les extases de l'âme,
L'ordre dans l'infini, tout avive la flamme
Qui nous guide au bonheur.

Nous nous sommes frappés avec nos propres armes
Et depuis six mille ans, dans la vallée aux larmes
Nous passons pour souffrir.
Allant du doute au mal, de l'infortune au crime,
L'on n'entend qu'un seul cri sortir de cet abîme :
Frères, il faut mourir!.....

En ce temps-là, le Nil contemplait sur ses rives
D'un peuple de captifs les filles fugitives,
Les époux consternés ;
Mais les mères debout, guerrières intrépides,
Disputaient aux bourreaux des cadavres livides,
Leurs enfants nouveaux-nés.

Ces débris de Jacob succombaient sous la haine,
Sous les iniquités de la malice humaine ;
Fatalement punis.
Ils poussent vers le ciel un soupir d'espérance,
Le Seigneur se souvient de l'antique alliance
Qui les avait unis....

L'Eternel à son tour a désigné la France.
Pontife souverain, mage de la science,
Race des Aarons !
Sauve des sept fléaux, sauve la race impie,
Qui flétrit en tous lieux les germes de la vie,
Instruis les Pharaons !

Montre-leur ces vieillards succombant de détresse,
Ces vierges au besoin disputant leur jeunesse,
Ces travailleurs captifs ;
Montre-leur les élans de ces femmes sublimes,

De la maternité généreuses victimes :
Et rends-les attentifs.

Les temps sont arrivés. — L'Immortel te commande,
Puissante nation, de préparer l'offrande
Qui dissipe la nuit ;
Moïse se réveille, il se lève, il s'avance,
Le volcan de la foi jette sa lave immense,
Et la liberté luit!

Pour les peuples élus qui domptent l'esclavage,
Les chemins sont fleuris, la mer ouvre un passage,
Et le désert produit ;
Des flancs d'un roc aride une eau vive s'élance,
La manne du Seigneur entretient leur vaillance,
Et le ciel les conduit.

Un murmure confus remplit d'abord l'espace ;
Au banquet du bonheur chacun trouvant sa place,
Nul être n'est maudit ;
Les lions transformés quittent l'instinct sauvage,
Le printemps éternel parfume le feuillage,
Et la terre bondit.

Criminels, égarés par d'infernales brigues,
Au seuil de l'unité frappez, enfants prodigues,
Vous êtes conviés ;
Du vin consolateur le sol n'est plus avare,
Au foyer paternel le veau gras se prépare :
Frères, communiez !

Le ciel n'a plus de voile et l'homme s'illumine,
La justice, la paix, la vérité divine
Reviennent parmi nous ;
Lucifer converti rentre à la cour céleste ;
Le mystère est vaincu, Dieu bon se manifeste :
Mortels ! redressez-vous !

A L'ARTISTE.

Il faut à l'homme une croyance ;
Aux autels, il faut de l'encens ;
Aux pauvres, une providence ;
Aux oiseaux, il faut le printemps;
Au faible, un appui tutélaire ;
Aux amants, il faut le mystère;
A l'apôtre, de grands travaux ;
Au vaillant, il faut des conquêtes ;
A la jeune fille, des fêtes ;
A l'artiste il faut des héros.

Artiste ! qu'un volcan enflamme ,
Penché vers l'immortalité ,
Tu voudrais d'un torrent de flamme
Illuminer l'humanité ;
Mais le brouillard qui ti domine
Inonde tron frout, te poitrine,
D'erreu, de doute, de poison, ;
Mille réactions funèbres
Viennent augmenter les ténèbres,
Qui règnent sur ton horizon.

Poursuis ta belle destinée,
Fils du ciel, captif du démon.
Faut-il voir ta sainte pensée
Engloutie au noir tourbillon ?
Quitte le culte des comètes ,
Fuis le royaume des tempêtes,
Où tout s'efface ou se salit.
Fuis la bourbe qui t'environne ,
Dieu te prépare une couronne
Où déjà ton nom resplendit.

Alors l'étincelle électrique,
Dont l'esprit saint est le foyer,
Brûlera ton âme artistique
Et saura tout vivifier.
Alors tout renaît, tout s'épure,
L'éclat terni de la sculpture
Aussitôt se ranimera.
Et l'humanité, d'âge en âge,
Entourera de son hommage
Le phare qui l'illumina.

David ! que ton ciseau rappelle
L'audace de Pygmalion ;
Qu'un miracle se renouvelle ;
Que le marbre chante un grand nom
Et les reins couverts d'un cilice,
Dans le temple de la justice,
Abjurant son impiété,
Le genre humain, ce grand coupable,
Viendra faire amende honorable
Sur l'autel de la vérité.

Un Christ gît obscur dans la tombe !
Prends le burin, prends le marteau ;
Aux yeux d'un siècle qui succombe,
Frappe la pierre du caveau.
Réhabilite la victime,
Ressuscite ce front sublime,
Reflète l'image des cieux ;
Les mortels, ravis d'allégresse,
Viendront contempler la prouesse
De ton génie audacieux.

Alors, l'homme aura sa croyance ;
Les autels, auront de l'encens ;
Les pauvres, une providence ;
Les oiseaux, l'éternel printemps ;

Le faible, un appui tutélaire ;
Les amants auront le mystère ;
L'apôtre aura fait ses travaux ;
Les vaillants, auront des conquêtes ;
La jeune fille aura des fêtes,
Et l'artiste aura des héros.

PRIÈRE DU SOIR.

AU DUC DE MONTPENSIER.

Suspendez votre œuvre attrayante
Valeureux enfants du canton ;
Suivant sa marche triomphante,
Le soleil baigne l'horizon.
Pour saluer à son passage
Ses fils joyeux de le bénir,
Dans un prismatique nuage
Il se drape sans se couvrir.

Tantôt l'aurore s'avance,
Puis c'est la nuit qui revient ;
LUI nous chauffe, nous soutient,
Pendant une veille immense.
Célébrons par nos concerts
L'époux qui toujours féconde,
Le pivot de notre monde,
Le foyer de l'univers.

A nos frères des antipodes,
Raconte nos fêtes, nos vœux;
Chacune de tes périodes,
Trouve les peuples plus heureux.

En tous lieux la reconnaissance
Chante ton départ, ton retour;
Ici, c'est l'adieu d'espérance,
Là-bas, les transports du bon jour.

Tantôt l'aurore s'avance,
Puis c'est la nuit qui revient;
LUI nous chauffe, nous soutient
Pendant une veille immense.
Célébrons par nos concerts
L'époux qui toujours féconde,
Le pivot de notre monde,
Le foyer de l'univers.

Mais le crépuscule s'approche.
La fanfare de nos clairons,
Le son mystique de la cloche,
Guident les groupes vagabonds.
Chacun est près de ce qu'il aime,
La série entoure l'autel,
Un cantique, un élan suprême,
S'élève jusqu'à l'Eternel.

Tantôt l'aurore s'avance,
Puis c'est la nuit qui revient.
LUI nous chauffe, nous soutient
Pendant une veille immense.
Célébrons par nos conserts
L'époux qui toujours féconde,
Le pivot de notre monde,
Le foyer de l'Univers.

L'APOTRE JEAN JOURNET,

A PÉRIGUEUX.

—

Non, cette vie n'est pas si mauvaise que nous l'imaginons quand la pensée, après nous avoir enlevés dans l'avenir que la science prépare, retombe brusquement sur le présent. Pour lui, il n'a pas douté de la Providence, et 'il souffre, s'il ne murmure jamais.

Un jour qu'il vivait dans la foule, énivré de ses plaisirs et de sa fébrile agitation, un homme passa près de lui, et le son d'une voix que personne ne voulait entendre arriva jusqu'à son cœur. Il le vit austère et vantant le plaisir, pauvre et vantant la richesse ; préconisant tous les biens dont il manquait lui-même au lieu de leur insulter, et se vengeant d'être malheureux en rêvant le bonheur des autres. — La vue de ce dévouement opère en lui une métamorphose complète. A mesure qu'il médite et qu'il descend dans le monde silencieux et solitaire de l'étude, toutes les haines, toutes les antipathies, toutes les affections de la veille, disparaissent et font place à un baiser de charité que les sacrifices vont alimenter incessament.

Il apparaît tout-à-coup devant ses amis, le front soucieux, la voix haute et inspirée. D'où vient-il, où va-t-il ainsi? — Il vient de préparer sa tâche; il va l'accomplir; il marche à la conquête du monde!

Ne lui parlons pas de ses intérêts et de sa famille. Ses intérêts, il n'en a plus de pécuniaires, car cette honnête aisance dont il jouissait et dans laquelle devait doucement s'éteindre sa vieillesse, il l'a sacrifiée pour soulager, quelques jours peut-être, cette foule de pauvres qui gémissent autour de lui. Pour les soulager plus efficacememnt, il vole joyeux au martyre. — Sa famille! elle n'est pas bornée à ce petit nombre d'êtres vivant de lui : l'humanité, voilà toute sa famille; jamais homme n'aura pour elle tenté davantage.

Dieu le veut! Dieu le veut! ce cri est

le sien, ce cri de toute créature : de l'oiseau désespéré, qui défend du bec et des ailes, contre l'oiseleur, son petit nid de mousse ; du cerf qui brame auprès de la biche amoureuse, dans l'épaisseur mystérieuse des forêts. — Il part ayant pour richesse ce beau ciel à la voûte sereine au-dessus de sa tête ; l'espace devant lui ; autour de lui des hommes, ses frères qui l'entendront ; en lui, l'espoir qui gonfle son sein, et aussi la parole du maître dans les pages du livre qu'il médite, se sentant toujours plus fort et plus heureux après sa lecture.

Homme de foi, vraiment digne de faire partie de cette petite légion de pasteurs que le Christ avait lancés à la régénération du monde.

Comme eux, il parle un langage sublime que les lettres humaines n'apprennent pas ; une poésie qui fait paraître terne ou subtile toute autre poésie. Qui la lui a enseignée ? quel génie est venu souffler ces visions ardentes, ces paroles puissantes, à cet esprit grossier, qui raisonne comme la statue de Memnon ? Qui donc ? La solitude et la foi. Vivez sa vie et vous aurez son secret.

Il part, — toute route lui est bonne, — il arrive dans quelque pacage social qu'on appelle une ville. Il tombe au sein de cette agglomération d'hommes qui se haïssent bien qu'il ne se connaissent pas, et qui se haïssent davantage s'ils se connaissent. Devant les pas de l'étranger, une seule porte est ouverte : celle d'un de ces lieux où les oisifs se réunissent avec la lie du monde, et où la débauche aide à *tuer le temps*, cet implacable ennemi de notre âge, il entre donc dans un café.

L'aspect de ce front que la pensée a sillonné de rides précoces, de cette tête qui semble plier sous le poids de la tâche dont la foi l'a chargée, n'inspire pas le respect à cette foule bruyante et distraite. D'ailleurs, la misère en cheveux blancs est venue si souvent se mettre en face du plaisir gorgé de vin, qu'on est blasé de cette émotion, et que c'est tout au plus si le riche prépare négligemment la parcimonieuse aumône qui doit écarter de lui les cris importuns de la faim.

Cependant il ne chante pas, il parle; il ne mendie pas, il apostrophe; il n'exhale pas de dolents gémissements. Ah! loin de là : — Il ouvre l'avenir, et d'une main sûre, irrésistible, il y pousse ces pauvres riches qui croient avoir le bonheur au fond de leurs verres à bière, et qui, à l'aspect des merveilles que le poète ouvre autour d'eux, se regardent humiliés d'apprendre pour la première fois l'indigence de leurs plaisirs. — Aux joies sans bornes qu'il raconte, à ces extases prochaines et ineffables auxquelles l'humanité va s'abandonner, il oppose ce que la civilisation appelle ses fêtes et ses joies.

D'abord, on l'écoute avec surprise; puis on se prend à sourire, puis on divient peu à peu grave, pensif; et tandis que cet homme parle, chacun se sent passer sur le front une sorte de frisson inconnu qui tombe de sa voix ou de ses yeux. — Il y a dans cette organisation puisssante quelque chose de fatal qui inspire l'enthousiasme, qui dégage l'électricité des masses, et établit comme un courant irrésistible de l'orateur à la foule. L'émotion ne se calme que quand l'apôtre lui-même s'est tu. Alors, il arrive souvent que, rentrant dans les préoccupations matérielles de la vie, confus d'en avoir été arrachés brusquement et malgré eux, plusieurs, comme pour s'en venger, jettent le sarcasme au poète, ou tout au plus, s'ils sont bienveillants, se contentent d'appeler ses promesses *les rêves d'un bon cœur*. Quant aux autres, ils s'en vont repus et assez contents du spectacle.

Et l'auteur qui a fourni à cette scène, non pas sa voix et sa poitrine seulement, mais son âme, mais toutes les puissances de son être, sort brisé de fatigue et de douleur. D'ailleurs, sous l'insulte et l'outrage, on ne le vit jamais que silencieux et résigné : l'homme semblait évanoui, il ne restait plus que l'apôtre. — Ah ! mon Dieu ! qu'il a fallu que les hommes, mes frères, aient souffert, pour qu'ils soient pervertis au point, je ne dirai pas seulement, hélas ! de rester sourds à la voix qui les convie au bonheur, mais de la couvrir de malédictions. — Un jour, je lui demandai ce qu'il ferait s'il voyait quelqu'un cracher avec mépris sur les livres du Maître, la chose qu'il respecte le plus au monde. A cette question, il resta silencieux ; et quand il porta les yeux sur moi, je les vis briller d'un feu sombre ; je crus que cette tête du midi allait s'enflammer. Mais il se contenta de me répondre : « Je me dirais : Pardonnons-lui, il ne sait ce qu'il fait. »

— L'homme de la science oubliait, en disant ceci, qu'il ne faisait que répéter les paroles de l'homme d'amour, du Dieu martyr.

Ce titre de martyr, cette glorieuse auréole, rien ne lui a manqué pour qu'il puisse s'en parer fièrement. Toutes les humiliations, toutes les douleurs que la société inflige aujourd'hui, il les a subies sans se plaindre, sans abandonner un instant la mission qu'il a entreprise. — Il sait que chaque souffrance dans le présent lui est un titre dans l'avenir; et puis, il faut le dire, si le marytre a ses tortures, l'apostolat a ses joies pures et vives, immense satisfaction d'une conscience satisfaite.

Souvent, lorsqu'il se préparait à quitter un de ces théâtres improvisés, — carrefour, rue, café, salon, etc. — d'où il exhorte la foule, une main furtive venait presser d'une étreinte fraternelle sa noble main. C'était quelque malheureux rongé de scepticisme, auquel il avait rendu l'espérance et la foi en Dieu; quelque jeune femme qui tout-à-coup, à la voix du poète, s'était senti battre le cœur, ce cœur oublié et flétri au milieu des fêtes du monde.

Alors le poète partait heureux; il gardait longtemps dans son âme la sensation de cette précieuse étreinte; il l'emportait sur la colline, là où il se retire, dans le calme des soirées, pour méditer et recueillir l'esprit saint.

Car, comme s'il avait voulu commencer à le récompenser dès ici bas de ses peines, Dieu lui a donné le don de la poésie. Le vers éclot naturellement dans son cerveau inculte; il semble que la pulsation du cœur qui l'inspire soit si forte, que l'intelligence ne puisse résister et qu'elle produise, à son insu, ce qui coûte tant de veilles aux poètes vulgaires. Ainsi, il lui arrive souvent, au retour de ses courses, après un travail, après d'impuissants efforts, de rencontrer une chaleureuse inspiration sur sa route, par hasard, ainsi qu'on rencontre au fond d'un buisson une blanche fleur d'églantier qui a échappé au vent d'automne. Il la recueille et va l'offrir, dans la ville voisine, à quiconque voudra respirer ses parfums. — Il compte comme des grâces du Seigneur les pièces de vers que Dieu lui a accordées, et *parce qu'il sait que cela est beau, il l'offre à ceux qu'il rencontre, bien qu'il soit apôtre et non poète.*

Cet homme inouï, cette autre Pierre l'hermite, bien supérieur à son modèle, — puisque au lieu de provoquer, il travaille à rendre impossible l'effusion du sang humain, — vient de passer parmi nous. Il a compté les partisans des idées en faveur desquelles il combat partout et contre tous; il a vivifié leur intelligence, ranimé leur charité, à l'élan de laquelle la société elle-même venait de mettre si inoportunément des barrières.

Le passage de ce géant obscur, de ce philantrope embrasé d'un zèle sans bornes, le contact de ce cœur qui est l'écho de toutes les misères et qui cherche à les soulager toutes; cette rencontre étonnante, à notre époque, d'un esprit convaincu et plein de foi, a fait du bien à ces pauvres jeunes gens, encore meurtris du coup qui venait de les frapper au sein de leur obscurité et de leurs bienfaisants travaux.

Ils vous remercient avec effusion, frère à la voix harmonieuse. Les derniers accords de votre voix vibreront longtemps encore parmi eux. Ils entretiendront, avec la pieuse assiduité des vestales, le feu de votre inspiration et du culte que le Maître a révélé. — Puissiez-vous, apôtre, dans le pélerinage que vous continuez, ne rencontrer que des toits hospitaliers, des oreilles attentives et bienveillantes. Mais si les ronces du chemin ensanglantaient vos pieds; si les yeux s'obstinaient à ne point voir, les oreilles à ne point entendre; si votre frère vous refusait le coin de son foyer pour vous permettre d'y exhaler de fortifiantes paroles, revenez, revenez parmi nous, apôtre, nous vous attendons et nous vous gardons la première place parmi les gens de cœur.

A

Le Conservateur de la Dordogne du 29 février 1844.

FIN.

CATALOGUE RAISONNÉ
DE
LA LIBRAIRIE SOCIÉTAIRE,

Rue de Seine, 10.

DANS LES BUREAUX DE LA

Démocratie pacifique, (Raison sociale : Considérant, Paget et Compagnie.)

Les publications de l'École sociétaire se trouvent chez tous les CORRESPONDANTS DU COMPTOIR CENTRAL DE LA LIBRAIRIE dans toutes les villes de France.

Ouvrages classés par noms d'auteurs.

Les ouvrages marqués d'un * appartiennent à la SOCIÉTÉ POUR LA PROPAGATION ET LA RÉALISATION DE LA THÉORIE DE FOURIER, les autres sont en dépôt.

CHARLES FOURIER.

OEUVRES COMPLÈTES DE CH. FOURIER, *publiées par la Société pour la propagation et la réalisation de la Théorie de Ch. Fourier.* Format in-8, très belle édition. — Chaque ouvrage se vend séparément. *Voir* ci-après.

12

*THÉORIE DES QUATRE MOUVEMENTS ET DES DESTINÉES GÉNÉRALES. Deuxième édition, avec une préface des éditeurs. 1 vol. in-8 (tome 1er des œuvres complètes). Paris, 1840. Prix. 7 fr. 50 c.

Cet ouvrage est le début du fondateur de l'École sociétaire. C'est là que Fourier a jeté, avec tout le feu de la jeunesse et l'audace d'un génie créateur, des aperçus merveilleux et pleins de poésie sur l'avenir ; c'est là aussi qu'il a donné pour la première fois la formule du mouvement social, la loi qui contient toutes les phases historiques des destinées humaines. Dans ce livre sont établies les bases sur lesquelles la philosophie de l'histoire peut reconstruire le passé ; et, pour la première fois, la civilisation y est soumise à une analyse vraiment scientifique. Les vices de la société actuelle, les déperditions du commerce incohérent et de l'industrie morcelée, les vaines prétentions d'une philosophie erronée, les égarements de l'économisme, les mensonges de la politique, les impuissantes élucubrations d'un moralisme radoteur et fallacieux, y sont traités avec une incroyable vigueur de pensée et de style.

La nouvelle édition, imprimée avec beaucoup de soin et augmentée de notes nombreuses de l'auteur, ainsi que de plusieurs morceaux inédits, a été terminée en 1840.

—

*THÉORIE DE L'UNITÉ UNIVERSELLE, ou TRAITÉ DE L'ASSOCIATION DOMESTIQUE-AGRICOLE (2e Édit.) 4 vol. in-8 (tomes II, III, IV et V des œuvres complètes.) Prix. 24 fr.

Le 1er volume contient le *Sommaire*, *l'Avant-*

propos, une *préface* et un *grand tableau synoptique de la Théorie de l'Unité* (inédit), ainsi qu'un morceau extrait des manuscrits de Fourier sur le *Libre arbitre.*

Dans ce grand ouvrage, Fourier a rassemblé en faisceau toutes les idées capitales qui constituent son système. Les questions passionnelles, économiques et cosmogoniques y sont posées : celles des deux premiers genres s'y trouvent traitées à fond et entourées de tous leurs corollaires essentiels. C'est le livre indispensable à tous esprit scientifique qui veut connaître les Doctrines de l'École sociétaire dans eurs détails aussi bien que dans leur généralité. Ceux qui, ayant lu quelques ouvrages de cette École, possèdent déjà une idée assez nette de l'ensemble de la Science Sociale, ceux-là ont surtout besoin d'étudier, de méditer le *Traité de l'Unité universelle* pour compléter les notions qu'ils ont acquises. Mais il est généralement peu convenable de commencer l'étude de la théorie par cet ouvrage et même par tout autre ouvrage de Fourier. C'est à peu près comme si l'on voulait étudier l'astronomie, sans préparation scientifique, dans les livres de Keppler, de Newton et de Laplace.

---

*SOMMAIRE DU TRAITE DE L'ASSOCIATION DOMESTIQUE-AGRICOLE. Br. in-8. Paris, 1822. Prix. 1 fr. 50 c.

Dans la nouvelle édition, cet ouvrage fait partie du tome 2 des *œuvres complètes*, tome 1er, du *Traité de l'Unité universelle.*

Ce morceau qui contient presque la matière d'un volume, est un des écrits de Fourier les plus importants et les plus condensés.

LE NOUVEAU MONDE INDUSTRIEL ET SOCIETAIRE. Paris (imprimé à Besançon), 1829. Un fort vol. in-8. (*Epuisé.*) La réédition est sous presse. Un volume in-8, qui formera le tome VI des Œuvres complètes.

Cet abrégé méthodique du *Traité de l'Unité universelle* a été composé surtout au point de vue de la réalisation. Le style de Fourier, sans rien perdre de l'énergie et de l'originalité qui sont propres à tous ses écrits, prend dans cet ouvrage quelque chose de plus didactique. Le plan, tracé dans un but d'exposition méthodique, admettait peu de digression, et de polémique.

—

***LIVRET D'ANNONCE, DU NOUVEAU MONDE INDUSTRIEL.** Brochure de 88 pages. Paris, 1830. Prix. 1 fr.

C'est une introduction à la lecture de l'ouvrage annoncé.

—

***LA FAUSSE INDUSTRIE.** 2 vol. grand in-12. Paris, 1835-36. 9 fr. 50 c.

Ces deux volumes se composent de morceaux détachés écrits successivement par Fourier, comme des articles de journaux, soit pour ajouter de nouveaux détails à la partie de sa théorie qu'il n'avait fait qu'exposer sommairement, soit pour saisir l'à-propos des questions du jour et démontrer le besoin de solutions harmoniques. On trouve dans cette *mosaïque* des articles dont l'excentricité exagérée à dessein avait pour objet de piquer la curiosité publique.

—

*MNEMONIQUE GEOGRAPHIQUE. Une feuille gr. in-8. Paris, 1827. Prix. 50 c.

Vues toutes nouvelles sur l'enseignement de l'une des sciences positives, anciennement cultivées, que Fourier affectionnait le plus. Les procédés qu'il indique, et particulièrement celui de la Théorie des causes en création, se rattachent à son système d'Unité universelle. Ce morceau est très curieux.

JUST MUIZON.

—

*APERÇUS SUR LES PROCEDES INDUSTRIELS. — URGENCE DE L'ORGANISATION SOCIETAIRE. 2° édition, in-12. Paris, 1840. Prix. 2 fr.

—

VICTOR CONSIDÉRANT.

*MANIFESTE DE L'ECOLE SOCIETAIRE *fondée par Fourier* ou *Bases de la politique positive*. Paris, 1841 (*Ecrit par M. Considerant, et adopté par le Conseil de l'Ecole*). Nouvelle édition, revue et considérablement augmentée. 1842. Un beau vol. in-18. Prix 1 fr. 25 c

*DESTINEE SOCIALE, 2 vol. in-8. Paris, 1834-38. Prix. 12 fr.

*DEBACLE DE LA POLITIQUE EN FRANCE. Brochure in-12 de 152 pages. Paris. 1836. Prix. 1 fr. 50 c.

*EXPOSITION DU SYSTÈME SOCIETAIRE DE FOURIER, faite à Dijon, par M. V. Considérant ;

Comptes-rendus recueillis par M. P.-C.-E. M.... Brochure in-12.

*IMMORALITE DE LA DOCTRINE DE FOURIER. Brochure de 48 pages, in-8. Paris, 1841. Prix. 30 c.

*RECLAMATION CONTRE M. ARAGO, et THEORIE DU DROIT DE PROPRIETE. Brochure in-8 de 80 pages. Paris, juin 1840. Prix. 1 fr. 25 c.

DE LA POLITIQUE GENERALE ET DU ROLE DE LA FRANCE EN EUROPE, suivi d'une appréciation de la marche du Gouvernement depuis juillet 1830, par V. Considérant. Brochure in-8 de 160 pages. 1840. Prix. 3 fr. *(Épuisé.)* On fera une nouvelle édition.

*LA CONVERSION C'EST L'IMPOT. Brochure in-8, publiée sous le pseudonyme de *un ancien Député*. Prix. 1 fr. 50. c.

*DERAISON ET DANGERS DE L'ENGOUEMENT POUR LES CHEMINS DE FER; avis à l'opinion et aux capitaux. Brochure in-8. Paris, 1838, Prix. 1 fr. 50 c.

*DE LA POLITIQUE NOUVELLE convenant aux intérêts actuels de la société, et de ses conditions de développement par la publicité. 2e édit. 1844. Une brochure in-18. Prix. 15 c.

—

DAIN, CONSIDÉRANT ET D'IZALGUIER.

*TROIS DISCOURS PRONONCES A L'HOTEL-DE-VILLE. Grand in-8. Paris, 1836. Prix. 3 fr.

A. PAGET.

*INTRODUCTION A L'ETUDE DE LA SCIENCE SOCIALE. 2e édition, 1 vol. in-8. Paris, 1841.
Prix, sur papier ordinaire 2 fr. 75 c.
Prix sur papier fin. 3 fr.
(*Il ne reste que des exemplaires sur papier fin.*)

A. PAGET ET E. CARTIER.

*EXAMEN DU SYSTÈME DE FOURIER *et des principales objections qui y sont faites*. Brochure in-8. Paris, 1844. Prix 3 fr.

F. CANTAGREL.

*LE FOU DU PALAIS-ROYAL; dialogues sur la théorie de Fourier. 1 vol. in-8. Paris, 1841. Prix. 5 fr.

*METTRAY ET OSWALD, études sur ces deux colonies agricoles. Brochures in-8 de 66 pages. Paris, 1842. Prix. 1 fr.

CHARLES PELLARIN.

*FOURIER, SA VIE et SA THÉORIE, avec des lettres inédites et trois *fac-simile* de l'écriture de Fourier. 1 fort vol. in-18, format anglais. Prix, 5 fr.

*SUR LE DROIT DE PROPRIETE. Brochure in-12 de 36 pages. Prix. 30 c.

HIPPOLYTE RENAUD.

*SOLIDARITE. VUE SYNTHETIQUE SUR LA DOCTRINE DE CH. FOURIER. 1 vol. in-8. Paris (impr. à Besançon), 1842. Prix. 3 fr. (*Epuisé.*) La nouvelle édition est sous presse.

ANTIDOTE, réponse à une compilation anonyme intitulée le *Monde Phalanstérien*. Brochure in 8, 1841. Prix. 25 c.

—

A. TAMISIER.

*COUP-D'OEIL SUR LA THEORIE DES FONCTIONS. Brochure in-8. Lyon, 1841. Prix. 30 c.

—

E. PELLETAN, A. COLIN, H. DE LA MORVONNAIS, V. HENNEQUIN.

*LES DOGMES LE CLERGE ET L'ETAT ; études religieuses. Brochures in-8. Prix. 2 frr 50 c.

—

M. WLADIMIR GAGNEUR.

DES FRUITIÈRES, OU ASSOCIATIONS DOMESTIQUES POUR LA FABRICATION DU FROMAGE DE GRUYÈRE. Une feuille in-8. Prix. 40 c.

—

G. GABET.

TRAITE ELEMENTAIRE DE LA SCIENCE DE

L'HOMME CONSIDÉRÉE SOUS TOUS SES RAPPORTS. 3 vol. in-8, avec figures. Prix. 18 fr.

NOTIONS ÉLÉMENTAIRES SUR LA SCIENCE SOCIALE DE FOURIER; par l'auteur de *Défense du Fouriérisme.* Un volume in-18, de 2 à 300 pages. Prix. 1 fr. 50.

—

CH. DAIN.

* DE L'ABOLITION DE L'ESCLAVAGE, suivi d'un article de FOURIER. In-8°. 1 fr.

—

CHARLES HAREL.

MENAGE SOCIÉTAIRE, OU MOYEN D'AUGMENTER SON BIEN-ÊTRE EN DIMINUANT SA DEPENSE. Un vol. in-18. 2 fr.

—

D. LAVERDANT.

COLONISATION DE MADAGASCAR. Un volume grand in-8°, avec carte. Paris, 1844. Prix. 3 fr.

—

R. BOUDON.

ORGANISATION UNITAIRE DES ASSURANCES. Brochure in-8°. Paris, 1840. Prix. 2 fr. 50

RÉFORME DES OCTROIS ET DES CONTRIBUTIONS INDIRECTES. — *Question vinicole.* — *Question des bestiaux.* Brochure in-8°. Prix. 75 c.

F. VIDAL.

* DES CAISSES D'ÉPARGNE. — I. Les Caisses d'épargne transformées en institutions de crédit. — II. Création d'ateliers de travail au moyen d'avances fournies par les Caisses d'épargne. Brochure in-8° de 5 feuilles. Prix. 1 fr.

DE MONSEIGNAT, DÉPUTÉ.

A PROPOS DU MORCELLEMENT. Brochure in-8 (1844) Prix. 60 c.

ÉDOUARD DE POMPÉRY.

INTRODUCTION RELIGIEUSE ET PHILOSOPHIQUE A LA THEORIE DE L'ASSOCIATION ET DE L'UNITE UNIVERSELLE DE FOURIER. 1. v. in-8°. Prix. 6 fr. 50 c.

SAMUEL LÉVÊQUE.

DIVISION DU TEMPS, PROJET D'ÈRE UNIVERSELLE, suivi d'un nouveau calendrier universel dont la disposition convient à tous les peuples, et accompagné d'un nouveau calendrier perpétuel, dans la composition duquel n'entrent point les anciens éléments employés jusqu'à ce jour, tels que nombre d'or, lettres dominicales, épactes grégoriennes, etc. Une brochure in-8°. Prix. 1 fr.

D. L. RODET.

SIMPLE EXPOSITION DE LA QUESTION DES SUCRES. *Extrait de la Phalange*, *mai* 1843. Brochure in-8. 2 feuilles. Prix. 75 c.

—

VICTOR HENNEQUIN.

Avocat à la Cour royale de Paris.

INTRODUCTION HISTORIQUE A L'ETUDE DE LA LEGISLATION FRANCAISE. — *Première partie :* LES JUIFS. 2 forts volumes in-8. 12 fr.

LE SEPT AVRIL. BANQUETS COMMEMORATIFS DE LA NAISSANCE DE CHARLES FOURIER. *Années* 1843 *et* 1844. Prix. 20 r.

PETITS COURS DE POLITIQUE ET D'ECONOMIE SOCIALE A L'USAGE DES IGNORANTS ET DES SAVANTS. Prix. 40 c.

TABLE DES MATIÈRES.

PROSE.

VERS.

www.ingramcontent.com/pod-product-compliance
Ingram Content Group UK Ltd.
Pitfield, Milton Keynes, MK11 3LW, UK
UKHW021824190726
13853UKWH00003B/1174